看见凤凰城

刘光凤 / 著

哈尔滨出版社
HARBIN PUBLISHING HOUSE

图书在版编目（CIP）数据

看见凤凰城 / 刘光凤著. —— 哈尔滨：哈尔滨出版社，2022.7
 ISBN 978-7-5484-6634-5

Ⅰ.①看… Ⅱ.①刘… Ⅲ.①诗集-中国-当代 Ⅳ.①I227

中国版本图书馆 CIP 数据核字（2022）第 135271 号

书　　名：**看见凤凰城**
　　　　　KANJIAN FENGHUANG CHENG
作　　者：刘光凤　著
责任编辑：李金秋
装帧设计：书香力扬
出版发行：哈尔滨出版社（Harbin Publishing House）
社　　址：哈尔滨市香坊区泰山路 82-9 号　邮编：150090
经　　销：全国新华书店
印　　刷：成都兴怡包装装潢有限公司
网　　址：www.hrbcbs.com
E – mail：hrbcbs@yeah.net
编辑版权热线：（0451）87900271　87900272
销售热线：（0451）87900202　87900203
开　　本：880mm×1230mm　1/32　印张：11　字数：116千字
版　　次：2022 年 7 月第 1 版
印　　次：2022 年 7 月第 1 次印刷
书　　号：ISBN 978-7-5484-6634-5
定　　价：68.00 元

凡购本社图书发现印装错误，请与本社印制部联系调换。服务热线：（0451）87900279

为若愚惜缘诗集序

文/山城子

已经记不得与若愚惜缘诗友是在哪个网站相遇的了。相遇之后她热情地邀请我加入由她任站长的"德昌文苑"文学网站。之后她就给我冠上了"文学顾问"的头衔。其实头衔而已,我是顾而不问的,履行版主的义务罢了——负责诗歌评论栏目,并主动地研讨学习本站的精品诗歌。我逐渐发现惜缘的作品写得好,是我特别喜欢的。因为她的作品已经形成了一种富于想象,简约、大气,而又灵动的个人风格。

请看下面这些想象:

让情与爱相融相交
让四季的流光为我们加油
让岁月为我们添姿添色
不辜负遇见的缘、修来的福
给我们的孩子留下最为珍贵的画面

(摘自《有你真好》)

| 看见凤凰城 |

炸点花生,煮杯小酒
趁还未老去
趁生命还没戛然
一张桌、一张凳,一缕茶香

(摘自《我们还好》)

用心感触的清爽
是我怀揣的深情
用一枯一荣的心境或
半开半阖的嫣然插在你的发梢间
从此,把全佳全靓的光景灿烂地
挂上枝头

(摘自《秋天的德昌》)

你好像在想我
虽未出声,但始终心中有语

(摘自《感知》)

我们都知道,诗是语言的艺术。我的惜缘诗友是最有让语言艺术起来的深厚而娴熟的功底的。她的技艺在于:于铿锵流畅的行文中,裹挟着创新着各种各样的词类活用——这种古来就有的别致的积极修辞。请看下面这些例子:

一粒糯米溅起江面朵朵诗花

用身心清润浑浊

将《楚辞》《九歌》《离骚》托举在世人的眸海中

从此往后，夯实了悠远的灿烂

（摘自《汨罗江上情怀悠》1 的第一小节）

这节诗中就有六处使用了词类活用：

其一，是形容词"清润"活用为动词，立刻产生了新颖、灵动的阅读效应。

其二，是形容词"浑浊"做了名词活用。

其三，是动词"托举"做了拟物活用。

其四，是名词"海"做了喻拟式的兼类活用。

其五，是动词"夯实"做了化虚为实的喻拟式的兼类活用。

其六，是形容词"灿烂"活用为名词了。

那年，梦虽薄，北方烟云万千

已然无力抚平昏暗的模样

未曾注明的声音

一层一层，业已隐匿于汨罗江心

沧桑揶揄了你，荏苒的光阴后

楚国欠你一个盖棺论定

（摘自《汨罗江上情怀悠》2 的第一小节）

又是六处活用。请看：

其一，形容词"薄"，是喻拟式兼类活用。这种活用是将"梦"比喻成有薄厚的东西了，同时也是拟物了。

其二，是动补式双音合成词"抚平"，做了移就式的活用。

其三，也是动补式双音合成词的"注明"做了移就式的活用。

其四，复沓短语"一层一层"，做了拟物兼通感的词类活用。于是声音变成可视了。

其五，形容词性的"沧桑"活用为动词，属于古已有之的使动用法。

其六，动词"揶揄"是拟人活用。

我更喜欢她写的鹤顶格的嵌字诗。她嵌的是她的网名"若愚惜缘"，全诗 12 节，就嵌了三回。下面是 9—12 节：

若有来生，我宁愿弃之，没有预约的来生，无法牵手梦里。海边，石上，海鸥飞处，柳絮飘飞。那呼吸里，有你温度的真。

愚有大智，愚有憨厚，一如美丽替身，华而不骄。雨不老，风不老。残音余绕，心事浅白，靠近最醉人的山水。

惜的今生之情，美极了遇见，诸如，我爱你的天空，是七弦琴，是莺歌燕舞的伴奏，痴了迟迟不走的夏。

缘生缘起，缘走缘灭。天有倾城的泪，也有繁华的蓝。缘定今生，格外眷顾，格外微妙。如若愚，则惜缘。

我的学习研讨分为五个部分。下面是第五部分：

鹤顶格嵌字到第三节，节奏快了许多。这回是将真情实感的

为若愚惜缘诗集序

文字，同生命、同自然的天然结合。而抒情的是珍惜今生。这是智者的清醒，唯物主义者的选择。所以要珍惜生命，珍惜情怀，珍惜文字，珍惜一切有缘的相逢、相会、相处。而这样的生命情结，也都赋予了艺术的语言。比如"海边，石上，海鸥飞处，柳絮飘飞"是景，"那呼吸里，有你温度的真"是情。又如"雨不老，风不老。残音余绕，心事浅白，靠近最醉人的山水"，风雨的拟人，心事的视觉效果，都恰到好处地引人审思。总结性的句间嵌字——"如若愚，则惜缘"则用在收笔，留给了读者如格言一样的美句。

2016-7-26 于黔中夏云镇

目 录
CONTENTS

一、看见德昌

看见德昌	002
大　爱	004
我的德昌（一）	006
我的德昌（二）	008
德昌文艺	010
花开德昌	011
德昌的天	013
我的德昌	014
诗德昌（组章）	016
老鹰沟	020
德昌黑龙潭	021
字库塔	022
情怀德昌	023
二小门口的黄桷树	025

冬的德昌	027
四　月	028
玉荷花	029
樱　桃	031
五月德昌	032
德昌凤凰阁	034
德昌五月	035
德昌大六槽	036
四川凉山德昌，有缘的味道（组诗）	038
春天的梨涡	043
栀子花开，香远沁心	045
在昌之间	047
坐门口看时光悠然心境	049
德昌，我的家乡	051
黑龙潭，一片云下的索玛花	054
凤凰阁	057
倒春寒的德昌	059

二、四季缤纷

听一袭风雨呢喃，醉一束樱桃缤纷	062
寒露后的雨	064
一层秋雨一层寒	066
秋与我特临近	067
我被秋天感染	068
霜　降	069

目 录

秋　意	070
记忆五月	071
我的天空	073
雨　中	074
夜　风	075
盈盈一朵花	076
风暖花开	077
守望，四月	078
立　夏	079
慢开，桃花	080
春风盈满三月	082
初夏浅语	084
季节里的你	085
昨日立秋	087
云的季节	089
觅　香	091
品　秋	092
我在南方看你的白	093
秋韵红	095
心上风景	097
枫　叶	099
做一棵无忧草多好	101
冬天里，想你	103
一树芽出指心涧	105
春　天	106
嗨，瞧瞧	108

003

| 看见凤凰城 |

夏　语　　　　　　　　　　　　　　| 110
夏雨荷　　　　　　　　　　　　　　| 111
秋景作衬　　　　　　　　　　　　　| 113
记得七月　　　　　　　　　　　　　| 115
季节在心里音画成坊　　　　　　　　| 117
夏风（组诗）　　　　　　　　　　　| 119
秋　雨　　　　　　　　　　　　　　| 121
老鹰沟　　　　　　　　　　　　　　| 122
螺髻山　　　　　　　　　　　　　　| 123
美好德昌　　　　　　　　　　　　　| 124
凉山邛海，我来了　　　　　　　　　| 126
记忆如春　　　　　　　　　　　　　| 128
暖冬，诗般灵动　　　　　　　　　　| 129
初二的初雪　　　　　　　　　　　　| 132
春天里的风信子　　　　　　　　　　| 134
将二月春风交给了诗　　　　　　　　| 135
春天，真好　　　　　　　　　　　　| 137
多情的三月　　　　　　　　　　　　| 138

三、情感天空

感　怀　　　　　　　　　　　　　　| 140
情漫三江　　　　　　　　　　　　　| 141
做诗中人　　　　　　　　　　　　　| 143
我到哪儿去找你那么多的好　　　　　| 146
最靓色的日子　　　　　　　　　　　| 148

目 录

看世间情分几许	150
走过心情，痕迹有声	152
烟雨情，风月痕	154
怅望旧影，卷满新意	156
鸡尾酒	158
旧忆如雪，雪舞弄影	161
青山之上君心入云	162
诗染心情	163
青山（组诗）	165
裹满快乐的自信	172
我在诗里安放景致	173
仰望自己的风景	174
好风水	175
痛的明白	176
总有一个他，指点我的江山	177
直抒胸怀	178
夏天的时候，老是想起春天	179
嫩得太青	180
从头到脚都是迷糊	181
刹那间的思量	182
我相信	183
我就种快乐	184
你说你出门去买包烟	185
午夏的感觉	186
为情，心安理得	187
那天那心情	190

| 看见凤凰城 |

打　针　　　　　　　　　　　　　| 191
电　视　　　　　　　　　　　　　| 192
凄婉声声　　　　　　　　　　　　| 193
小小心语　　　　　　　　　　　　| 194
空若此生　　　　　　　　　　　　| 195
清朗如星　　　　　　　　　　　　| 196
云淡风轻　　　　　　　　　　　　| 197
似水流年　　　　　　　　　　　　| 198
落花作冢　　　　　　　　　　　　| 199
凤冠霞帔　　　　　　　　　　　　| 200
人世沧桑　　　　　　　　　　　　| 201
我记得的恰是你的好　　　　　　　| 202
若离若弃　　　　　　　　　　　　| 203
告诉自己，心已远走　　　　　　　| 204
浅　白　　　　　　　　　　　　　| 207
你来了　　　　　　　　　　　　　| 208
我是贪心的　　　　　　　　　　　| 209
执　念　　　　　　　　　　　　　| 210
其实，你一直在我身旁　　　　　　| 211
我们的一生　　　　　　　　　　　| 212
百转千回梦萦绕　　　　　　　　　| 215
爱情这首诗，谁品都会醉　　　　　| 218
玫瑰花香绕指柔　　　　　　　　　| 220
无尽的爱　　　　　　　　　　　　| 222
空　痛　　　　　　　　　　　　　| 225
错　爱　　　　　　　　　　　　　| 226

目 录

意　愿	227
一帘悸动	228
你的方向	232
情感的放逐	233
在我掌心的天涯里	234
有些记忆，可惜写不完整	235
欢喜没有错过	239
情感的殇，无期	240
情感的殇，否认	242
情感的殇，已远	243
独　行	244
安宁河，你把生命弄丢了好多	245
夜语星空	247
一次加一次	249
海有故事	251
雪　绪	253
清晰的痕迹	255
心情明天	256
见与不见	257
可能，也是我不想看见的	258
相思渡口	259
在最深的红尘里重逢	261
悲伤情歌系列之一：悲欢岁月	263
悲伤情歌系列之二：尘埃里的花	265
悲伤情歌系列之三：最后一夜	267
悲伤情歌系列之四：滴答滴答	269

| 看见凤凰城 |

悲伤情歌系列之五：挥之不去的情愁　　　　　　| 271

悲伤情歌系列之六：I Love You　　　　　　　　| 273

悲伤情歌系列之七：幽狐　　　　　　　　　　　| 275

悲伤情歌系列之八：不具名的悲伤　　　　　　　| 277

悲伤情歌系列之九：你甘会想阮　　　　　　　　| 279

悲伤情歌系列之十：港边惜别　　　　　　　　　| 281

他的美　　　　　　　　　　　　　　　　　　　| 283

那年，花未开（组诗）　　　　　　　　　　　　| 285

一再感情（组诗）　　　　　　　　　　　　　　| 289

唯一地，我爱　　　　　　　　　　　　　　　　| 292

心若江湖　　　　　　　　　　　　　　　　　　| 294

情爱也是用心酿造的蛊　　　　　　　　　　　　| 298

清醒的爱如一道光感，如此微乎甚微　　　　　　| 300

隐忍不当　　　　　　　　　　　　　　　　　　| 301

有那么一点缺憾（组诗）　　　　　　　　　　　| 303

来，我们写诗（组诗）　　　　　　　　　　　　| 306

四、古　韵

荷华媚·德昌仙境　　　　　　　　　　　　　　| 310

满庭芳·惜缘　　　　　　　　　　　　　　　　| 311

写诗的心得与遇见（代后记）　　　　　　　　| 312

(一) 看见德昌

似淡而实美的德昌，玲珑而温婉，她面目圆润而清丽；她翩跹雅致；她的山水含而不露，清澈悠远；她瑰丽而不浮艳；她神韵而恬淡；她幽美而豁达，她驻留在我看得见的地方，从未走远……

◎ 看见凤凰城

| 看见凤凰城 |

看见德昌

览一季雨过,听红尘悠悠情愫,乾坤德昌,才气。
百年字库飘香,执一份虔诚膜拜,看春秋风雨摇曳,
用菩提之心描摹凤凰。

晨钟暮鼓,燕语呢喃,扣紧琴弦,如风铃起落,
明媚香城。尘心凝重,青灯无语。梧桐树下,
清爽淼淼,一世人情,初秋话语,着墨浅浅,
正当时。

诗意疾风骤雨,埋没我的构思,我如何潦草你的幻化,
竟如飘逸的云彩,画在天边。留恋樱桃的红,桑葚的黑,
在季节里分明,把三月的天写成一年的色彩。
我欠缺的,远不止意境里的帧帧斑斓。

山水依人,清澈彼此。将爱的心串烧成一段传奇的情节,
在浮萍的天涯里寻觅最真的记忆:有钟鼓楼那远古的回音;
有千里马山清泉般的含笑;有黑龙潭那原始粗犷般的魅力;

一、看见德昌

有仓圣宫那久远的写真……皆能醉了我。

水带一条,环绕一处,那是安宁河的落墨,长长地写满岁月。

一个城的故事,自西向南,源远流长。我在诗外,盈盈秋水长天,看德昌草长莺飞。

大 爱

太多的新,一层复一层
曾经,我们痛了一次,呐喊了一次
曾经,我们伤了一次,愈合了一次
如今,我们守着壮丽河山:中国

唐宋元明清,历史成就了泱泱大国
如今的风骨在国之梦中卓越
一撇一捺的方块字犹如从诗里飘逸出的一道丹青水墨
仓颉般地飞动出江山的硕伟骨梁

我们的国,曾经披荆斩棘
我们何曾退缩过,信仰支撑的信念
早已铸就钢铁般的意念
我们何曾忘记过,戎场上
有书生,有夫子,有莽夫,有君子,有豪气
无数英烈在豺狼当道的狼烟峰尖上杀敌致果,开创了国之先锋

一、看见德昌

开国难,守国更难,壮国是难上加难

所有情节,将记载在历史的山河里,隽永
镌刻下的文字,定将在汉白玉的碑文里熠熠生辉
如今,沧海桑田天翻地覆,大大地融入中华文化里
如今,人心所向伟大的、万岁的,万万岁的
以中国梦的波澜席卷全世界

那高度的目光,那世人瞩目的爱
让我缘分般地追上了这个大好时代,看见了超群绝伦
看见了绝美;看到了纯粹、看到了壮观
在墨守成规之上点亮了梦的轩昂
在一切幸福里,迎眶而出的
是中国人对国之爱的热泪
恰是你赋予每一位中国人的无疆大爱
那么美!!! 那么美!!!

| 看见凤凰城 |

我的德昌(一)

  温润的光线覆盖春天的视野,满城烟柳燕语。
  花间蛱蝶翩跹,祝酒歌高亢一方热情淳朴的心声。

  在脆香麻辣的洋芋片里咀嚼滋味。
  望一眼黑龙潭那清澈透明如蓝宝石般的水,滟滟波纹,让意境深邃在思维的层叠间,轻轻地
  此起彼伏。

  二万五千里长征路上埋下的伏笔精细地令丝绸之路上的德昌铺满曙光般的希冀。缕缕春风拥紧仓颉的风骚,刻下一段永生的记忆,
  像凤凰一样,绝伦的美,扬名千古。

  暮雨后的德昌千里马山,青青的、秀色的、蓊郁的、奔放的……
  在樱桃红里酡红成索玛花般的笑颜,以桑葚代言,甜成蜜,甜成酒,甜成一池最柔软的雨露,浇灌着亲亲德昌。

一、看见德昌

我的高度一再伸向螺髻山脉,这样的春风一跃而过,走笔间,度成我的一汪深情。

绚丽德昌,你们一直在写,我守着远古凤凰的美,看六座字库塔,塔塔沁在风韵的古墨中,心里装满别样德昌!

我的德昌（二）

德昌的每一捧泥土，都是肥沃的，
在时光的浸泡中，
将沧桑书成帧帧酥软的优雅。

仓颉的风依然在耳边传诵，字库塔的风铃
吹响千年的音质。我短浅的眼眸涌满德昌的传说
石墓、古楼、百年榕树；
群英沟、黑龙潭、傈僳水寨……
皆在成就一段典雅。

我的德昌，必定镶嵌在温润中。
亲人和祖辈们用纯善的情结牵引我在海拔高度上俯览新色的香城，
拾捡无数春色将风景粉饰成千顷美丽，
婷婷地、温婉地、彩凤般地撩动水天一色的惊艳。

一、看见德昌

我的德昌,有凤燕梳羽,有一河星光灿烂,将德昌
铺满梦的星斗,随着岁月的年轮图腾万千的旖旎。

亲亲德昌,千娇明媚,万重翠色,近极般地细化为高高处的
万家心语。
　　自小,我那些瘦骨嶙峋的梦想一一被德昌的风解读。许多
望尘莫及的渴望,统统在时光的遇见中渐渐沉淀成长。

眸如月的德昌,用最近人心的清澈明亮最远的思念,那是乡
愁最浓的抒情;
　　云如花的德昌,用最柔软的情感牵绊最遥远的情怀,那是真
挚情感盈盈地在浩空中
　　演绎万般千种。

亲,德昌在为自己添香添韵,一点一点将自己的细腻描画得
更加真切动人……

德昌文艺

青青文苑,德仁则昌
引凤栖香城
屏扇倾城
德三分,昌三分
诗过,菊开秋雨柔
无数墨洒,这般多姿
抚秋风,向天吟
思量此生,处处相逢
劈浪寻觅
千秋今日恋一世
这一枚新菊上画
只把情结轻轻梳
秀色怀纳

一、看见德昌

花开德昌

德、仁并列,齐鸣诗行
春的诗,泼墨丹青
隆昌,岂止是今夕明兮
墨韵天下,浓淡恰好
这新旧的诗,彼此不再辜负
凤凰的城,图腾龙的云裳
很美,而我就住在凤凰起飞的地方
给你披上万紫千红
他方之阳,不及香城之光
这百年来,字库塔、安宁河
诗歌上下豪放
蕴藉的香,何止一朵两朵
情怀的诗人,分明闪闪星光
这浩大的梦,有山水清、河谷幽
那木桂花托举明月,桂香南北
红歌多年,满山回音
我要我的依赖,存放光阴飞絮

| 看见凤凰城 |

和你,一同变老
清高的这场秋风,洗涤凡尘尘埃
断绝与世俗同流,听你春秋三百天
收藏四季的风雨
不写曾经劫难的那次
沉醉于春般妩媚
任风雨旖旎,季节如期
这满城花语,香飘鼓楼
只因有你,青山格外翠色
这即来的红叶天,城里城外
萌生出沉甸甸的诗篇
栽下迎客松,为你牵引
心有英雄气,诗有凌云志
借东坡诗句、田园陶令
远处人家,近处花海
嗨,全是美

一、看见德昌

德昌的天

拨开云雾
备好万顷阳光
手里捧着的,全是美妙
心中想的,皆是夏天的情
期待幻化成暑气
一浪一浪的,像小令
翩翩起舞
我将暴雨黄色预警信号摁在诗的下面
今天,庆幸地向太阳问好
向平安问好
向守护安康的身影露出一个
灿烂的微笑

| 看见凤凰城 |

我的德昌

当各种心思在最复杂的旮旯处碰撞
那段时光,就你一人

我的记忆
群英沟、老鹰沟、黑龙潭
构成卷卷帧帧的美
那些不可思议的色彩流动
勾勒着德昌景点上最飘逸的线条

虽然,它是那么的低调
还那么的安静
那些水、那些山,倾听着人间的沉思

你要佩服的,绝对不止是山水的呼吸
那些堆积出来的浑厚内涵
除了深情,还有充满底蕴的呢喃

一、看见德昌

它是柔软的、清丽的
它独具了千差万别的另一面
在一米的阳光外
绽放出樱桃的红、桑葚的紫
还有字库塔的百年韵香

那些年，花生榨油后的枯子
喷香喷香的
那些年，水果糖纸裹着多么甜润的感觉

新华街、清泉街、西宁花园
西环路、二环路、南山学府
木棉树、玉兰树、攀枝花
层层叠叠的景罗列出那么多婉约

我的德昌，小而玲珑，是美的结晶
是凝而绵延、刚柔并济、山水不黏
并理性睿智且内有骨韵的小香城

那个凤凰的传说，注定美化着正在矗立的凤凰阁
那个四季常驻的燕子们，注定同春天怀抱着德昌的温润
我的德昌，足够我用一生的笔墨
去爱它

诗德昌（组章）

1

看吧，字库塔的石缝里，夹杂着尘埃与光阴的悠远。傲然而立，俯可览山水，仰可望星辰。

从清末仓颉造字，敬天惜字，流传至今，汉出大写的笔画：德昌。

四角风铃，迎风鸣翠，糅合燕语嘤嘤，故而有"攀西燕子城"之称，音质缠绵于心，缱绻笔墨，

洋洒情结，自古是"南通蒙治""北达京畿"。诠释出初衷的美。文化几番注重，膜拜的心，

真真切切承载得起鸿鹄之志。

每一座字库塔，小而玲珑，单纯而不简单，只因渺小却浩渺出沧海桑田的醇香与厚度。

一、看见德昌

2

来吧,在黑龙潭。墨绿的潭水会抒情,硕大的鱼儿会跳舞,像羽翼韵出的桑巴味,让你的心,静到圆润。

风情的杜鹃花,簇簇相拥,淡雅地勾勒出德昌的温婉与细腻。

自盘古王开天地,这一隅,皆翡翠般地镶嵌在碧山间,在荏苒中,在红尘中,

精致地沉淀出一帧的画,一卷的美。

3

瞧吧,凤凰阁。曾有传奇的凤凰,小憩梳羽照影,动情地饮水长歌。是的,罗裳般;是的,月辉般;是的,德昌有福。

幻化出的美丽篇章,让生命更加甜润;让传说更加旷达。

夜光璀璨,塑型优雅,端庄恢宏,这凤凰阁,好形如画。在夜灯分明处,香韵渺渺,极是唯美。

4

感受吧,家乡有舌尖上的乡愁,有心海中的记忆。德昌,热情地敞开双臂欢迎你。

让你的味蕾萌出诗般意境。这儿的"杀牛场"里,有牛杂粉,

牛肉火锅、牛肉干巴，

只要你点，什么都能做出来。你能读懂它们的文化色彩，以及那份无法用言语表达的厚重滋味。

若然，"再回首羊肉馆"来吃羊肉火锅，抑或羊肉粉，天啦，上桌就有一碗白白净净的羊肉烫，

撒些葱和香菜，美滋滋的味道，简直爽翻天！美味在民间、在德昌！

细数过往，滋味重生，生命的鲜活与朝气并存，妙趣五味。口碑传扬。传意悠远的小香城；传意灵气的追梦景。

无论你是打马归来的游子还是匆匆而来的过客，请停下你的脚步，

让灵境入你梦菲，稍息间，褪去人间喧嚣的浊气，将清灵之气灌注于你的脏腑。

特别是春天的樱桃，她红彤彤的、娇艳欲滴的、楚楚可人的、酸酸甜甜的……

德昌有你稍息的千般理由。

远去的贫瘠，一去不返。德昌千人宴，那洋芋坨坨、小猪儿坨坨肉、玉米棒子、端午药膳……

味出：真我。味出：纯善。味出：乡情。

一、看见德昌

5

来这里吧,老鹰沟。清澈一词不够诠释,清凉之意不够完美,清润之美不够彻底,这清清泉水,如乳汁。

老鹰沟的水像堪舆的精气,万千般养育着万千德昌人。饮之甘甜,看之如一泓清溪通透的珠玉,

澄澈而生生不息。

四周林木灵秀苍翠。满心甜润,皆有可感之情。在德昌文理中,清丽入怀。

这是天然的纯粹,积百年苍茫。涧石间,汩汩流动着生命的火花。源于德昌东北一席,

源于溪间源远流长的水文化,丰盈出德昌的无限情怀。

亲亲德昌,春风太柔,春雨太细。她的门楣上雕龙画凤,凤舞九天,隽永一段小港湾的精雅魅力。

老鹰沟

心思一打开,像星雨唰唰而下
只是,溪流它从不想回心转意
沟是蜿蜒的,唯有老鹰一词
值得推敲
据说是有这么回事的,茹毛饮血之地的山林
有蛇、有鼠、有老鹰
人们在下游傍水而居
炊烟袅袅升空,一个家的温暖
早就在游子心里怀纳成爱
沟边,显然
植被已掌控了这儿的体态
我们已安然地接纳了它的甘甜
它的心语和我们的心田一碰触
生生不息

一、看见德昌

德昌黑龙潭

黑龙潭,即是我神往许久的仙境
却因这因那,没有腾出时间去
它独自在山脚边笑成弥勒佛样
旧时想象而酷爱的索玛花语
当真,永远属于我的
真的,好像我太自私了
其实,它也属于我故去的朋友
我瞭望它的方向,尤在梦中
我也承诺过
就安放一朵索玛花给自己
我感觉我爱得有点过分
那些山,翡翠般、青黛般
那些水,圣洁而甘甜
一颗小心思,在勾魂的潭中
随时,夜夜长梦
就像我枕着一首多蓝多梦的诗
千遍万遍,将它读成永恒

字库塔

痕迹旧得扎眼
风儿悠悠，光线闪动
多么矍铄，多么干练
外观看上去，以小巧玲珑取胜于新的凤凰阁
可喜的是，它存在，好好的
甚至你在夜深人静的时候
能听见它心跳时
撩起时代的呼声
真的，高亢

一、看见德昌

情怀德昌

樱桃在,桑葚在,枇杷在
从此,三月都在结果
而情愫,丰盈得如此古韵

朝阳轻云,燕语莺莺
德昌,悦读你千万遍
句读无数间,你玲珑天下

我所有构思
逼真你的容貌
让你,成为我的江山
和我轮廓的锋芒
剩下的,是我欠你的
恩情

栽下梧桐,引凤高歌
写下真爱,心海翩跹

| 看见凤凰城 |

种下旖旎,等你和月色同醉

拿出我的绵薄之力,并梦想
黑龙潭、字库塔、傈僳水寨、钟鼓楼
皆是山明水秀,用心勾勒
丹青一个正楷的
中国德昌

一、看见德昌

二小门口的黄桷树

翻过螺髻山脉
我从安宁河上游开始，一路向南
亚丁远了，若尔盖草原远了
你的衣袂，泛起琴声
你的心跳从缝隙里漏出
从种子中寻找葳蕤成冠的荫凉

你有上游水声叮咚，还有下游涟漪如丝
你酿出繁茂，有花开的声音
邻旁有攀枝花，开成火辣辣的
还有一些梧桐树，舒成水柔柔的蓝
让我误了归期

你鹤立鸡群，你是黄桷树
你的名字很高大
仰望你的时候，你洒下波光粼粼
片片翡翠青衫，炫目

| 看 见 凤 凰 城 |

读你的时候,你耳濡目染,书声琅琅
高高低低,随风顿挫

凤凰门框定了你的英姿
你在高大的门楣上,如一座山
听说凤凰栖息在你肩上过,我信
我往上再往上,才能看清你在看我
牵引着一个城市的心跳

我知道,春一开
你穿过月色使劲招展
连同黄桷的芽,一起幻化成
这片土地上的一朵青莲
被信仰染成无数眸子中的神
一个我仰视的黎明

一、看见德昌

冬的德昌

育一个夏天，捧在手心
让文字温馨，如秋桂宜人
向着风走的方向，喊你的名字
这几日来来往往，让记忆恢复如初
哪怕还有几丝小风撕裂着最年老的树叶
而感触，新得如此古韵
在旧的章节里回放一千遍一万遍
其实，我不会怀古的，我是怀旧的
德昌的风，素色温柔
德昌的冬，木棉花还在稀疏的枝头上燃烧
冬，喜欢傲慢成灿烂的孤寂
那些破碎不堪的梦
一次次摧毁我的坚韧，连同枝头上的花瓣
如此四季不明的德昌，我如何取暖
于是，我再次邀请春天的蝴蝶
共进晚餐

四 月

缕缕风柔紧叶的婀娜
蝶与蜂比翼双飞
一朵厚重的云无力轻描风轻云淡的意境
让我如何拿捏你千种风情的细腻
你个四月,最清扬的芳菲,最浓密的色泽
皆被你一网情深

玉荷花

我曾在冬天的云南见过睡莲花
哪个时候五体投地感叹许久
感叹这莲的婀娜、莲的清醇
莲的清香莲的温婉、莲的孤傲、
莲的亭亭玉立
如今，火热的德昌
玉荷花开在硕大的树叶上
惊得六月的清水潋滟层层
惊得睡在温水里的莲花梦影叠叠
应该是大明湖的湖水配上你的
应该是江南的那些穷尽浩渺的烟雨为你布景的
哇，荫浓间的朵朵花儿
太多的芳香，在高高的姿态上，暗香涌动
这灼而魅的夏，微风轻摆
馥郁的香定不负十里长街
看雨打玉荷花，是否莲心有苦，雨敲涩散
是否是我吟你太迟

| 看见凤凰城 |

你矜持到我不得不仰望着为你频频抒情
于是,你排排的大花儿
在我诗里,妖妖绽放

樱　桃

次次酸甜我味蕾的小东西
还非要在三月的枝头上灼灼芳华
你如花般水灵，你如水般清澈
你用火热搅乱片山樱桃叶的心
令它倾尽绵薄为你的惊艳甘心着色
于是，你不负春天荏苒
以秒杀的速度，红透三月

五月德昌

风从桃花林里，越过

雨从梨花丛中，倾泻

刚好，风雨之后的同行

晨曦的露，喧闹的雀

皆耳濡目染，在初夏

你总在耳畔优雅，缕缕绕指

伴着我的楼兰在心里化为一池宝蓝

德昌，有着不尽的墨

德昌，有绘不完的香

心情，随阳光

在凤凰嘴边飞起

五月的云，润湿千里马山

将景嵌入葱茏中

青松挺直了百年

在海拔三千米上，淡然俯望

人们用脍炙人口的传说

一、看见德昌

蕴藉仓颉般的光华

告诉安宁的人

你一定要好好珍惜

德昌凤凰阁

凤凰阁的身段,日渐丰满
没有一丝风不会不愿在此停留
那年,凤凰在潭边饮水梳羽时
如落鱼沉雁般的小令
是明月留下的
从此,年轻的韶华饱蘸春天的黛墨
写进了德昌
就像凤凰阁崭新的体态
这一定是它多年前的想法
真的,就为引来
百鸟朝凤

一、看见德昌

德昌五月

当春风败北给夏荷时
蒙昧的天空装满我爱的诗句

在长安街,未能体味到德昌四季鲜明
蝴蝶也会因路途的遥远而凋谢

当木棉果绽放成朵朵洁白的时候
几点夏风张望成一道盛大的风景
我就在风景里飞跃,似春、似夏

五月以来,木棉枝丫飘曳成温柔似水
似颦眉浅笑,似陷我入深情

原来,德昌的天空,丝毫不长杂念
如我一样,理想着德昌
谈她的思想,以及
她的海阔

| 看见凤凰城 |

德昌大六槽

我来到大六槽，来好了心情
于是，用诗点赞我的德昌

水，透明的、清凉的、甘甜的
它，从来不说它的可贵

我曾经想过要在黑龙潭或大六槽扎营露宿
就是想在夜深人静的时候
听蝉音袅绕出无穷无尽的天籁之音
其间，绝无喧嚣与浮躁

我觉得那么多千奇百态的高大树木
都是柔软的
我觉得那么多青苔爬满树干以及树枝
都是情深的
我觉得空气中密布着透彻心扉的凉意
都是安神的

一、看见德昌

它们,不管用什么心情表白
我理解为原始与自然是它们最简单的心思

那些千年土,定能育出兰花的高洁
那些潺潺的溪水从葱茏的山间一路下来
就已经排列在清冽的前沿
不管用什么言语说话
都是青青凉凉的柔情

| 看见凤凰城 |

四川凉山德昌,有缘的味道(组诗)

1. 憨哥烧烤

乐中,抑或痛中
告诉鼻子,告诉嘴巴,告诉内心
那些飘香的内容
舌尖上都是情的味道
瞬间,融化你的烦绪
刹那,升华你的愉悦
杯盏碟筷中,你能滋味的
皆是警句哲理,以及
被诱惑的快感

2. 再回首鲜羊肉馆

纯会理铜火锅里冒出热气
整间店里,都是它的脉动
沉淀的是醇香、是纯粹、是质感
嚼得烂的是羊肉,喝进嘴的是留恋

一、看见德昌

为你唱高的祝酒歌，渗透深情

凡间的滋味，涌满心房

3. 傈僳水寨

家乡的水一浪一浪拽着你的心儿

跌宕起伏

是浪过于热情

是安宁河水喜欢热闹

是你，将年少和童真安放在这一隅里

是秋天的心情等同春天的表白

一点不用客气，当作在家

可以放开手脚尽情一点

就当一首写自己的歌

一唱，就会

4. 签佰度串串火锅

你来自成都

你定能在德昌根深蒂固

在这儿，我就找你嗨，过瘾

你叫川味吧！爽，爽翻天

巴适而不过头，安逸得板

你将人生的滋味全部赋予

你满身芳华

定要让吃,蹦出个高大上

定要在文化领域里

畅游

你为我备好了江湖滋味

全身,散发出诱人的魅力

5. 角半山印象

角半山,把你铺作乾坤

樱桃、桑葚,一对对儿

千载难逢的碰触,滋润

沐风浴雨,追逐风景的旖旎

连同核桃花菜、蕨菜、坛子肉

山有怀抱,拥满时髦的民俗

接纳一浪一浪的笑语

所有的脚步,不伤及羞涩的晨雾

一缕花的香,潋滟风的多情

陪八月来的桂花

唤醒为春代言的姹紫嫣红

山青水绿,这墨韵的画,像极了羞涩的三月

云朵飘洒的雨线,织为诗句

落满山间,我便拾掇起来

可还缺一个诗的冠名

角半沟,德昌的山

文有仓颉,树有梧桐

够了，它就在我的印象里

6. 德昌樱桃

小小苹果似的脸蛋
有妖的媚颜，有仙的梨涡
有舌尖上无以言表的念想
从角半山腰处次第妖娆
并在人们的眼中灼灼燃放
在内心中，春般抚慰
它擅长年轻的滋味，一声尖过一声
连溪水也为之拍手美赞
它流露的，是爱的颜色
它表达的，是你此生罕见的韵味
它的红大，足可以容下最阴暗的色调
无可厚非，人生一半滋味酣畅淋漓
一粒粒酸甜的红果儿，像一粒粒朱砂
灵动飘逸地洒在：四川凉山德昌角半山
它的学名：樱桃

7. 伤心凉粉

姜、蒜、小米辣
醋、花椒油、海椒油
白糖、盐巴、鸡精、花生米

| 看见凤凰城 |

折尔根、芹菜……
德昌人的口感需要道地作料一并入凉粉里
混为一谈
谈麻辣味、谈幽幽南山味、谈酸酸甜甜味、谈高山流水长
在万般滋味中
无非是想分离尘世间的负重
直到口味平静后来一句婉转的话：
我又不是小孩，明明就不是伤心凉粉
它分明是我等了很久的缘味
最明显的一款
释放我无边的压力

一、看见德昌

春天的梨涡

　　一想起那天那一些炽热的阳光言不由衷地发出卡白卡白的串串泪光
　　我就想把日子里的所有尘埃封存在记忆的最底层而不再轻易地去开启
　　岁岁烟花只在旧日的夜空中长出十万朵五光十色悦人耳目的新花
　　黎明前的那丝羞涩的彩霞被我绣成南方那吝啬不来的清风细雨

　　去年的那一首小令嵌在陈旧的诗事里化为星辰坠入深处红尘
　　无语地久候不厌倦地把日子的五味翻卷成帧帧朦胧的烟柳
　　造句叠文也是随心意跌宕而落于夜下的那卷残景碎
　　唤醒花千树后树千花的万千光华蜕变而来的玉树迎风
　　惬意人生蝶舞沧海的痛凄寒于梅花朵朵的零落，铭刻的
　　是雪抖落下的片片羽衣令春开的绝色天香，沁心的
　　所有冷经不起春天梨涡斟满的佳酿，来得清、来得静

| 看见凤凰城 |

在葱翠的树枝下细数光阴漏下的丝丝华光,天地合眼间大美河川笑逐颜开
唱红春天的那株桃红令人看不饱尝不透,料峭的那抹寒
流动着对雪的眷恋和季节伤过的那点牵挂,
新叶浅笑,拾翠人莞尔美丽,春天的韶华宛若豆蔻梢头的酒窝,一品就醉!

春暖花笑,阳光蘸着诗意潇洒,看杨柳随风婀娜,听春燕呢喃,很美……

一、看见德昌

栀子花开，香远沁心

我看见青柳荡漾碧水，挂在上面的月光细数着埋在泥下的桃瓣，筑巢的燕，已次第搭建，屋檐下的构造，
那是季节的和谐铺开的一面。

迎着夏的初端，风里传来栀子花香，将夏的热情沉静到幽深，
沁透心的香，说不出的惬意，在我骨髓里随意地生长。

走过小桥，走近池塘，看一层叠着一层的烟雨，
沏茶、煮酒，怀抱一张明净。

一朵又一朵的栀子花，岸边，静静地开，静静地香。
在千山翠色的节令里，素净、高雅、白里青涩，
白里极致、白里圆熟、白里干净、白里照心。

所有的喧嚣在清扬的气色里洗涤，说太多栀子花开，
就怕来不及缕缕收藏，要不，就沐着它梦，展眉时，
掐指算出我此生追逐，仅一季、一程。

看见凤凰城

栀子花语,在阳光中心跳,在微风中笑颜。
花香虽好,却与夏风带走清凉相关。望春风被夏风挤走,
兰心笑梅心,心心季节,香透心尖。

十万株柳,百万缕风,香,随柳摇曳,千丝百缕,
行动几万里,沁心,醉心,连同偷乐的夏妖。

一、看见德昌

在昌之间

德昌之水，青黛凉润，
彩虹桥，安宁河，黑龙潭；青柳，黄桷树，
所有峰棱的山，矗立于天之下，河之上，
层层叠叠，在阳光下逶迤独傲。

那些一直未说透的风骨，装订成
翻阅的每一段章节，有燕语轻轻静心，
有凤影翻晒的梧桐叶，
让一座城池成为传说中的蓬莱。

所有四季打开，都是春天的消息，
细节都在铺展，有樱桃红，有蒜薹香，
有桑葚甜，还有泥土里的滋味……
触春的感觉，如一杯隽永醇厚的佳酿，
一闻即醉。

风力发电机的倩影，站成一片江山轮廓，

看见凤凰城

钟鼓楼下的四季燕,呢喃成记忆里的繁华;
水墨之间,螺髻山秀发高绾,字库塔字香千年,
大石墓,文化遗产……钟灵毓秀楚楚飘韵,
在山之间,清凉四季。

树人的南山学府,眸里,心里,把景致拉长,
宛若凤凰蹁跹,再度飘歌。他们说,采风的时候,
风很香;他们说,不采风的时候,风很淡,
淡的如茶里的茉莉花,翠了整座整座的山,
醉了整条整条安宁的河,却在一杯茶里泅开香气,
静出隔世的悠远。

建有德昌,大德仁爱,山水之家,
春天栖息,人文有情,地理有貌,
喜之,荣之,感谢德昌因你共我,感谢地主仁义,
美在美的诗行里,令这份新的格调万般诗意、飘逸灵动。

一、看见德昌

坐门口看时光悠然心境

门外,木棉花,静静地烧红枝头。风轻,山墨绿,光柔。这日光,在枝叶间绽放出灼灼光彩,疲于赶路的身影,斜斜地俯瞰大地,送日子翻过山头。

一蝶曼舞,生命悠闲,傍晚的蕴藉,
轻启心中扉页的那一帧帧情趣的浪漫。

足踏大地,心在家乡,在字里,在眸里,在笔尖,
如何抒意,因清茶润喉,闲坐遐思,无非是一远一近,
一物一景,悠悠情怀。家之暖,谁不爱?谁不喜?

句读无数,情丝缕缕。阳光总会渗透时光的忧伤,爽朗在心底:动人。
这方天地,有彩凤传说,有钟鼓楼惊鸟铃清脆悦耳,有字库韵香。
在年轮的一个点上,蘸满人世浮沉。
这乾坤的风光,唯见桂花淡妆,沁透心脾。

| 看见凤凰城 |

即便踏足他乡,更多是唤醒家的感觉,无他可比。所有洞天,
是每一个个小园的婉丽,皆是我们的:好大一个家。

我明白:家与家乡,家乡与家国,我用心用爱一同彼此温暖。
风雨再烈,我也会让心倔强地渴望。一段字里行间,长句
短句,
是我贴近心境掂量出的靓彩。任思绪来来去去,皆有归宿。

其实,我们本是路人,红尘喧嚣,多的是一瞬的驻留,
将自己熬成白头。走过浅淡,不染尘埃,
却把足迹清丽成卷卷记忆。

眼里,有太多对的时间发生对的情景,就有太多缘分的花瓣
幽香十里,抑或迎风飞舞成灿烂,令忧郁层层斑驳,有一袭
烟霞抚慰。

恩爱而温馨的世界,开开合合,开的是绚烂,合的是静然。
一个灵魂,终归回归自然。

一、看见德昌

德昌，我的家乡

　　德昌，古为邛都县地，依附西昌而易。安宁银带，环山而居。南与会理、米易比连，西与雅砻江和盐源相对，
　　北连西昌，
　　东与螺髻山脊和普格县分界，东南面与宁南县接壤。

　　自古传说凤栖德昌，并在仓圣宫边的安宁河边梳羽饮水，故名"凤凰嘴"，且地形姿态逼真，如凤凰头冠，栩栩如生。
　　故德昌也称"凤凰城"。河谷多传奇，诗文书法繁茂，县内字库塔六座，古韵秀色，沧桑蕴藉。
　　榕树参天，木棉树茂，
　　小胜之境，玲珑俊秀，洞天纷繁。

　　百年沧田又一春，德昌焕然多十分。风尚唯美，新人新事新天地，与时代共兼程。农民丰收喜颜开，
　　日子红火如蜜甜。德昌，基础公卫日渐完善。城建远景规划，匠心独具，政府带动康养引资，环境用心营造。
　　滨河路靓景缤纷，华光琉璃。

| 看见凤凰城 |

　　凤凰阁标新立异,金碧辉煌,璀璨夺目。古典的一隅,仿古仿到惟妙惟肖。其间,诗画叠彩,四角高跷,
　　错落有致,宏观气韵。楼上楼,阁重阁,端庄优雅。四围,汉白玉柱栏龙凤塑身,依栏远望,风景一览无遗。

　　仓圣古庙多梵音。轩敞外,河流潺潺,碧波潋滟。夜色中,月光下,波光粼粼,朦胧韵致。两岸绿带倒影,
　　天光云影,人间极致。

　　红街繁华,琳琅满目。向晚,灯光红透天空,无尽的香飘满味蕾,入心入脾,平常人间,
　　席地而居般朵颐美肴,热气一浪高过一浪,人声鼎沸里,喧哗不休,年般热闹。人头攒动间,忘了夜深。
　　一份自在,乐心悦目。

　　美哉!我的德昌,年均气温18摄氏度左右的小香城,四季春天般妩媚,日照两千一百多小时,
　　空气质量人人叫好,
　　大小河流五十多条,烤烟、早蔬菜、蚕桑、枇杷、樱桃、山羊……应有尽有。

　　傈僳水寨、黑龙潭、群英沟、老鹰沟、王所大石墓、魁星阁……无数景点无数美丽。细数德昌的美,
　　美不胜收,

一、看见德昌

细看德昌的云,云淡风轻。魅力怀纳,远景可望。

四海兄弟姊妹,群聚德昌,是文明天地美好德昌,是人脉灵气聚焦德昌。他日繁华再跃高地,
日后德昌风采迷人,
未来可期。

| 看见凤凰城 |

黑龙潭,一片云下的索玛花

　　黑龙潭那条路,蜿蜒,不说她有十八弯的腰,不说她的梁子升满两池的云河。
　　只要信手拈出一朵索玛花,插在发髻间,云山淡雾为你衬装,你如花样美。

　　黑龙潭,远古的芳华,古老的故事,人间的情怀。
　　一片云下的阳光,一寸心海的光景。
　　原始的烙印在彝家的青瓦土墙上鲜明,与灵潭共呼吸,共我成一幅仙气的山水画。

　　她极致静雅,如彩笔勾勒的柔色流动着动感的线条,放眼望去,潭心深邃神秘;湛蓝的古色韵味,百媚千生。
　　如墨如黛,一池瓦蓝,饱蘸澄澈笔墨,是她永恒的基调。

　　秋天的黑龙潭,找不出一棵红树,自然看不见红叶红草以及金黄的秋韵。
　　只有片片秋云,白得纯洁,白得高贵,剩下的就是苍翠和

一、看见德昌

蓊郁。

古道、动物、碧霄、古树、人家……只是画如春。

席地而坐，烧土豆的清香，坨坨肉的脆香，荞子酒的醇香，在舌尖、在心尖、在笔尖，滑过的滋味甘隽悠长。

那是人间的情温出的人间的味，在心、在意，沁心入脾。

这方索玛花的沃土上，空气、雨露、太阳、星星和月亮，近在你指间。

你能品味出她的柔情蜜醇，她也毫不夸张地招展，一心一意用尽生命的色调，惊艳你每一个动情的细胞。

每一处山间草木，灵犀的，如你掂量地欣赏她的姿态一样，打量着你。

固然是你每一次遇见的缘，绣出心灵的画卷，彼此点亮心扉，让宽垠的心怀，怀纳最真的我，

愉悦出最为旖旎的景致。

躺在如茵的草毯上，摘下一朵索玛花放在胸前，随它的淡香，闭上眼，听鸟儿空灵的鸣叫，

渐渐进入梦海，你的梦，瑰丽而娇艳，如同圆润的蓝宝石，生辉耀眼。

黑龙潭，一潭的诗，一潭的韵，一潭的传说，一潭的柔怀。老林旁，风情中，小而玲珑、精而璀璨，

开成一朵青蓝的索玛花。

她有着一份永不褪色的美,她有着宝蓝石般的玉洁;她透彻出人间最纯色的美,

犹如斑驳的日光被碧绿一一穿透。

一、看见德昌

凤凰阁

德昌凤凰阁，极像凤凰一样千娇百媚。

一座阁，矗立，耀眼。与字库塔并排，它便濡染了诸多艺术的元素，特蕴藉。

历经四年而建的新阁，寓意一座城池崭新的容颜，意味一方黎民在灿烂中追求安康幸福。

仁德昌盛，口口相传，代代祥安。

凤凰阁在凤凰嘴上生根发芽，在光阴中奋力前行，在河谷边昂首长啸，壮美、高雅。

一座阁，一个神奇。望眼一条河流，波光粼粼中召唤了一个美丽的梦境。楼阁外，风铃、雕栏、古风、汉白玉。粗细相间，精致温婉，古典风韵，震撼人心。

| 看见凤凰城 |

夜空下,灯光十彩,淳朴的河流蘸满多彩的韵味,煽情。

河水匆匆,清澈如带。一首小令包容花容月貌,一杯浊酒让质朴的香城酣畅淋漓。

一座新阁,讲述一段新事。傍河而居,河风徐徐,倒影潋滟,俊俏地屹立于河堤边,如浣纱女,轻盈曼妙,清秀明媚。画风古色,惟妙惟肖。

阁楼上伫立,远眺是画,近观是景,画卷旖旎,卷卷可人。似如画中,似入仙境。待到百年后,一座古楼阁,一个响亮的名字:凤凰阁,又一个人间的美丽传奇。

一、看见德昌

倒春寒的德昌

收集所有雪落山坡的脚印,这多年未见到的雪,是大地颇受上苍的厚爱。

那一天,沸腾的时间段里,我们的心愿都在成熟。都在雪飘飘里祝福瑞雪兆丰年、荣家园。

天空明净敞亮。一个城池,一片雪景,借用春天的笔墨抒写一段景致的美谈。跟着心悦的心情。山风多一股幽兰的清香。是樱桃花酷爱雪花的点缀,是大山渴求心灵的滋润,是我的笑容,充满希冀的梦幻。

午后的阳光,让雪纯粹到自然,仿若天地焕然一新。缕缕微风令空山多一丝寒意。

角半山、光顶山、千里马山、姑姑山……偌大的群山,披着一身白白的衣衫,多么惬意。阳光暖了,积雪不见了,云朵出现了,这白云的云,够你一生遐思。

天空终于打开了它那蔚蓝的心思,它种下的云朵,每一朵都是会笑会哭的,它的思绪皆被我捕获。天空的浩大,云花的细腻,清风的凉意,我们都能怀纳。

三 四季缤纷

看见◎凤凰城

诗意的歌喉，圈在无名指上歌唱，疲乏的双眸在诗行间精彩，四季的颜色澄清月儿的圆缺。多梦的雪花将心凝聚成冰，生生地固封自己的柔情。一场际遇断了思绪，只有风花雪月在细细打量过往的你我。那份旧日的热情整夜地燃烧，给星月留下无尽的缠绵。走一程滚滚红尘的厚重，走到天亮，并拽着滚烫的热泪，让真情在日子里煅烧，像金子一样闪亮。铺就好一段情感的花朵，迎接旖旎的春韵和款款而来的风情，让心情翩舞成蝶。

听一袭风雨呢喃，醉一束樱桃缤纷

雨丝细柔，气息韵脚，风绕梁下，穿越河谷迷蒙。

因声回环，驻足瞭望，缠绵余音，温婉当下。是一些风的纯粹，翠了遍山的稚嫩。

采几粒樱桃入酒，邀时光加封，封存一场红彤彤的容颜。有些味道，在光阴的背后隐匿，日久后，当心情再度吻合，一盅樱桃酿，让你的曾经如此酸辣况味，就像某些明白，不言而喻，平添几许舒畅。

装一帧空泛的领域，画上虬枝上缀满的生命，等风，等雨，等春天开放绚丽。

山拐角处，南枝北枝放肆地招摇，将丰满再次充盈。经月光浸泡洗礼后，似长发飘逸，身心贴近一树软语，纷繁唯美，如描一幅画卷，如梦如诗，寸寸柔情。

二、四季缤纷

　　生命的默然，在凄风苦雨中多了几丝空虚寂寥的殇。若走进烟霞雨景中，细风细雨竹林间，听风声飒飒叠韵，听雨声一拨复一拨低鸣细碎，或高亢清澈，仿若轻轻修愈三千红尘烦恼丝，将喧嚣与烦杂统统稀释，一并撵走疲惫与阴霾的情绪，心灵片刻地舒展，一份净透灵魂的释怀与轻松，欣然一一品味，定是框定你永远的宁静。

　　如此，所有的灿烂都是视觉上的盛宴。相偎相依，彼此信托，令承载攒足了虹美的颜色，容纳万物。

　　唯一壶樱桃酒，将夜灌醉，惬意的心，灵犀千树万树。漂净灰尘的苍茫，梳理红裳绿衣的圆润，在雨帘布景里，落雁般青色初窦，有春水作引，酒醇醉意中，嘈杂、焦虑、暗伤的分量，顿减至消。奉上的，是丝般滑润的骊歌袅袅音，盛满的是万顷抒情的一生共我。

　　回眸，摇曳多姿的樱桃树，风情一身，悠哉一生。它的那几个动感瞬间，是春天的几个眼神，眨得快，斑斓得快，来去皆快。

| 看见凤凰城 |

寒露后的雨

那么多日夜,偶尔梦中你滑稽地出格
竟然被惊醒,方知内心在意显然
一丝笑意挂在脸庞,有些酸涩

我明白,一切都在长长短短的时间里
隐形地晰出泪的精华,漏出雨的寂寥
或远或近的距离,我们曾固守一份虚拟
信誓旦旦地掩人耳目,同时也糊弄了真实的自我

有一丝眼角遗留下的光,碰在雨点上
不分上下,寒得刺骨
真不是我故意,真不是我耍心
我无力请来这一场又一场的雨
它能凉的,无关星星和月亮的事
是你整个身心凝滞前的谶语

有些假掺杂了太多的真

二、四季缤纷

有的真无法掩盖一丁点的假
就在每一场不请自来的雨后,我需要
尽力让自己手脚及心暖和起来

你设计的故事,一直无心贯穿你的灵魂
某些时候,雨也是一点一点让眼神茫然
当然,偶尔,这雨也像人一样
戳心戳肝的,就如枫叶在秋意浓烈中苦苦轮回
最后,无非是奈何桥上演绎无人知晓的冷画面
冷,字面上,是两点令人回不了头的往生缘
这雨,的确是祸源,太凉了
但这许是多余的符号
装潢了这首伪善的诗题

一层秋雨一层寒

太多雨脚出现哽噎
落英太凄
雨蒙蒙的布景似若
有一种引
铺天盖地,软刀子似的
敲打秋天的大地
即便有心拿出所有歉意
焐热内心
尘,有一点后依然就被冲刷一点
凉飕飕的风从不问过往
一再二再地翻看它的人生
最后,一片叶上
又盖上一片

二、四季缤纷

秋与我特临近

情怀邀秋写
乱透心间
这凌乱的风，这纷乱的雨
是秋还是冬的素描？
看木棉花笑在叶间
我的夏花，载不动秋语呢喃
它是那么直白
轻易就交出冰冷的一面
风使劲摇，一笔一笔刻下许多岁月的皱
回旋的句段全是谬
有一些水寒与风凉，牵出百转的忧
流放千千
结局就在于那枚最后的枫叶
迟迟都不肯归隐尘埃
静静地等待酣梦醉眠
一季后，花放万万枝

| 看见凤凰城 |

我被秋天感染

露珠夹着稻香迎面
一杯金丝皇菊，暖着思念

秋草甚密，可有茱萸开满山坡
一行泪，抹不尽浓浓的章节

尽如水，却逝水一方
任秋风敲长梦
构思秋雨西窗、长天西楼
谁又能读懂那份云淡风轻
让离愁描出天高云阔

当你刚走进
端起一杯万古愁
随诗歌一同穿肠淋漓
原来都不能

二、四季缤纷

霜　降

与远山平视，自是一帧想象的画面
桂香不远，秋风喜欢将伤痛的落叶不住倒腾
望眼欲穿的，不是你冷不伶仃的一个寒战
这西风吹醒的睡莲，淋漓得透彻
烈性的色彩，压抑在内心里
碰触的瞬间，猛然刺眼
笑出露珠般果敢，舒展成可承载的模样
内在的颜色，一尘不染
天空中的殇，一一揽进心海
今天，霜降

秋 意

秋天的雨不断肥大
泥和石都怕它压在身上
很多时候
冷飕飕的秋风裹着小雨一再作怪
于是，花枝日渐枯老
这凉心的毛毛雨
尖得像冰冷的刺
比起我原来的认识，相差万里
人家说凄风苦雨是有所指的
目的显而易见
难怪我会迎风流泪
是结膜松垂了
是我的眼再次被秋意明白
于是，这风雨饱蘸的秋，毫不遮拦地
讲一个动人的故事

二、四季缤纷

记忆五月

怕极了风声,也怕极了雷声
黑云将天空揉碎的时候
闷热退至低谷

栀子花的香一贯弥漫着时光
那么清浅、那么悠然

我在看得见你的地方
栽下百香果、多肉、辣椒
收获盆满钵满的心情

一夏清凉的人间雨
用足够的温情理顺你所有的热点
频频点头的那些翠绿
系着无数言语
全尽心思体味夏风满枝头的蕴藉

| 看见凤凰城 |

那些香,注定点燃每一朵荼蘼前的嫣然
那池诗情画意招人喜爱的莲
定也是菩萨钟情的纯粹

五月,告诉平凡的人
守着心灵栖息安然
在梵音袅袅中领会记忆的摇红

二、四季缤纷

我的天空

轻施墨,勾勒一丝祥云
天空,有画不完的美
那被熏染成的蔚蓝
允我慢慢为它写意
沙沙声摇醒的午后
将恬静微微惊动
我以为,做一朵天边的云
就可以满满装下我要的风景
那是一幅矜持的画面
竟是:樱桃林笑而不语
凤凰嘴,美而欲飞
千里马山,层层叠叠逶迤万千
这便是我要的大景
诗句,在你唯美间
描绘你的模样
我的天空,定不止
绝美在夏风和樱桃间

| 看见凤凰城 |

雨 中

他处的雨,袅绕在群山之间
午后,模糊了我的视野
远山有雾,路上有人
下山的脚步敲碎了风景的画面
一串串尾灯通红在宁静中
眸光的渴求给了我太多想入非非的诗句
一层显、一层隐,带给山水一个休憩的理由
厚重的呼吸在暖眸里一再雀跃
那个目的地,始终占线

二、四季缤纷

夜　风

花瓣与风较量
我辨别出一地落英与冰凉的大地
是同样的温度
夜已入梦，它不想睁大一双黑眼睛去疼痛地见证
它不想在自己黑黑的身上再添一笔黢黑
于是，任乌云一个惊诧的眼神
一个悲催的情节在风的句点上
轻轻圆寂

| 看见凤凰城 |

盈盈一朵花

被时光蹂躏,心志弱不堪言
被苍老的分量压抑,步履迟钝
夜入三分,华灯隐匿大量的心扉
在邛海边看海,在云南看云
在可人的风景线上奔跑
占据优势地调侃一番
用最适合自己的一款书写千姿百媚
不愿钓那镜花水月的名和利
不愿朝花夕拾地冷落我的三月
如花雾抽象般的,几乎接近膨胀的极限
才盈盈地对三月说
说我不需要太多春风
说我不需要春雨太稠
因我最明白,诗的远方
桃花十万亩,梨花百万亩
目光只属于我的唯一那一朵
盈盈地,等你看春
真的,春,才在开

二、四季缤纷

风暖花开

让我为你淡淡描眉
让我为你小语心思
让我为你不看大海
也能打开春的花海
丹青般的,为花的妖娆再添几丝清秀
而你,被春卷进斑斓
一醉再醉
这温润的香城
早把春色高高托起
我知道,每一种暖都是三月的真
每一种情,都是三月发酵的
在风的作用下,酵成桃花酒,酵成梨花露
让我怀抱的三月
长长短短的诗句全都用尽
末了,才邀来如丝般的风
这春,在乐意的温暖里
将自己,开成卓越

| 看见凤凰城 |

守望，四月

掰开一角想象的轻柔
蘸上酒的醇
抵达沉香
一份叮咛的回声
穿过黑夜而出的光
打动无数花开的声音
会的话，我会用满腹的低吟
莞尔成一束风景
插在你看得见的地方
在我身后，清澈出蔚蓝的碧空
这是四月的问候，芳菲、婀娜
诗者的灵魂在季节里起落
在安宁河里，筑起风骨
看春花柔草在风骨边茂密
生命里，盛满你
拥一生宁静

二、四季缤纷

立 夏

昨天，立夏就把春天踢远
排行老七的立夏
鬼精鬼怪、假大假大地登上五月
明目张胆地告诉我，花儿开得很猛
庄稼长得很火
从今往后，让你
在她的炼丹房里恋上冰凉的梦

我最记得以前蚯蚓满地爬的那天
雨收敛了她的怪脾气
不然那雨敲心敲肺的
但是，跟着而来的温度没心没肺的

太阳用45°的角度藐视苍生之后
我不得不佩服这个热拥我是躲不过的
还好，锦绣山河的五月
毫不夸张地在最热的高度上，无法
占据

079

慢开,桃花

她在梳妆
云层矮了下来
亲迎碧水中,荡漾

那棵粉红的树
梨涡般甜蜜
她要开花
她要结果
她的名字叫桃花
桃花下面,勾留着对对鸳鸯的丽影
风景的边缘,藏匿着蜜蜂和蝴蝶

一枝绿柳摇过来
一次次拨动涟漪的心思
又一次次抚平心思的涟漪

七秒真情的鱼儿,婀娜水面

二、四季缤纷

逗得桃花片片落英
这桃之夭夭的三月,挺忙
发酵出太多经典的味道

约上这桃花露的芬芳
踏踏青,看草长莺飞
迎风,听嫩芽拔节的声音
唯愿,桃花
你慢些开

春风盈满三月

纵有八百里古道
那尘,也能卷起百里春风
你的暖,在光阴的日子里
铮亮着,银华般

那丝弯道上的目光
曲展的,始终是那份逃不掉的好

一个纽扣,扣紧了胸口外的料峭
却扣不紧心尖上,无时无刻不在
燃烧的年华

那株三叶草可是孔雀草的最爱
不然,红红绿绿
怎会任由无数清高垒起春季里的梅红

播下大半的花种

二、四季缤纷

注定，就有月半儿的骊歌
婉转一春

瞧，诗这么短，却能意出一个永恒的城池
这满城的风
怎可预料到桃花有劫、梨花有泪

拾捡起万紫千红的花瓣
才明白，那些细碎都在眼眸里
零落指尖，不曾走开

为了一切的柔软
为了春日里的每一个精致
就算羸弱了苍天下那支厚重的诗笔
连同翠柳的婆娑

再放眼看去，矮了所有的高度
我依然觉得
微风、柔雨在浅红的诗意里
细细地编制深红的音韵
丝丝缕缕，深翠了眼眸里的风景

初夏浅语

鸟音落地,清脆如铃
朦胧的天色哈欠款款
而梦,在天涯
春已闭容,夏,正在舒展
玉荷花勾芡出来的小酒
定把它的小心思兑进酒里
天天,醉上枝头
听说,凤凰花红艳的本事无花可敌
我信的,大红大红的
那叫爱情
当蜻蜓伫立在荷叶上纹丝不动的时候
我理解它,它在和池中的波光
如胶似漆地谈心
唯恐点水的时候心猿意马
它懂得,这个季节,它得播下爱的结晶
于我,空手在水中捞月;他却
连月连我,一同捕获
在可笑的夜里,我们
坚守一份相守

二、四季缤纷

季节里的你

邛海、螺髻山、会理杜鹃
路标常换
感觉，多了又多
无数美丽沉甸甸地堆满我的笔尖
我早记不住景点的赫赫大名
也记不住谁留下了半纸功名包括哪些千年的古树
我是不怀古的记忆力每况愈下
车很稳，亲，有你真好
路边野花似乎能题许多诗句，随意的
小摊的饭菜有个性
在古迹里穿越千里又千里
沟壑拉远后，仅剩下梦里最远的风景
海螺沟、诺尔盖草原、九寨沟
弱下去的记忆，一笔难以笔直
那年的诺言刻在青山的骨髓里
以秋的腹语弹出大块大块的方块字
我明白，这季节一茬一茬地来

看见凤凰城

注定今秋又惹前秋妒
水天竟哀婉地层层加厚
它在等,等布下所有瘦弱的萧瑟
才看见,你一直用温暖焐热我
一遍一遍过目的风景

二、四季缤纷

昨日立秋

昨天那场暴雨,和鬼影差一寸
掩藏我大半截噩梦
榨干我七分睡意
明明是秋裹住枫叶的姿态,注视我
明明是秋耐不住寂寞的凉,闯入我的梦
为我的情节疏散了许多细枝末节
所有不想说出的孤零
被她寓意
空空堆砌的梦
牵引我枯瘦的笔
携着雨来的八卦
多出几章过去的倒彩
昨天,荼蘼的那朵花一言不发
我以为,秋的凄美多少有点寒碜
我以为,秋的果实堆满笑容
于是,我昨天的梦,特别
因为,有一朵菊

| 看见凤凰城 |

在无数诗人的笔触里,翩跹
就像柳叶羡燕舞
我羡秋高
只是,秋后有月半、月圆
只是,通红的枫叶后面
绵绵雨,久久念
拉长了秋的所有今天

二、四季缤纷

云的季节

她走尽后
天净得只剩下超越和文静
星星勾勒的天穹
在等一场宏大的彩霞
像枫叶等待红透后
情感的纹路织在季节里
多余的念想，等荒草点缀

那一池荼蘼，在没有人声的时候
多出一些冷风，潮湿了夜的心扉
八月，你的消息一走
我定能吟唱浩渺无垠的歌词
那是属于你的铿锵

只愿，你审美习惯别去勒杀另一种
让一轮明月年轻皓空
碰撞出一朵美丽的诗花

| 看见凤凰城 |

像一朵复来的云,轻了一缕,淡了一丝
背对着蓝,纯粹的白

你的眼睛定有忧郁的月色
才会厚重,砸开又能自愈的天空
千怨千泄,心里盛满荷的记忆
一起拾薪煮云,那云蒸霞蔚的心思
多一点沉重,少一点轻盈
如此,田园般绣一朵
来来去去的飘逸

二、四季缤纷

觅 香

轻轻轻轻，剥开春的羞涩
桃红含笑，浅梦微漾
淡淡淡淡，泻下霏霏细雨
兰心暗涌，君子海量
我敢肯定，一瓣的红
煽动，一径新梦
披着首冠的幽兰
香而不浓，浓而不郁
任一季春风轻浮
花影重重，花香淡淡
轻而不扬，淡而不黏
你一缕馥香卷动花气
纵然有千千蛊毒之引
靠近我，怎样

品 秋

余下,半生醉里
若留恋,依然愁几许
一直没有说破
柔在菊香叮咛的风中

漓漓雨,细纷纷
凡事千千,烦恼千千
多一味依偎的药
一帧画,放逐弦丝缕缕成殇

品枫叶浅黄,波澜
看碧水清扬十里堤
这山水如画间
添一笔勾勒,多一页诗章的凄美

风中浅吟,雨中轻梳
风好,雨好
意意斑斓,事事绵连
心境唯一,不敌,山川别样

我在南方看你的白

采一朵心花于心尖上的思绪
种植年华的丰腴
用一缕清香换你一朵雪花
反正都是洁白，无所谓多少

你慢一点，让我看清你飘逸的倩影
是否可以落在我的左右
让我把握住你整个灵魂

你是一片让人单恋的章节
读你一帘雪语
跳跃我无数喜悦的眼纹
在雪白的天空中收集你的婀娜
摩擦出暖暖的字句

我知道，北方吹北风的时候

你的心早飞到南方
挂在你笔尖上的,是南方的暖阳
南方知道,雪一直在南方的梦里翩跹
晶莹的视线上
有说不出的甜

二、四季缤纷

秋韵红

天空再添一抹深蓝的色
九月的风多一丝不解意的凉
望尽漫天云色
绣上天的高远
再画一笔诗情画意
一杯浊酒邀明月对饮
拌上桂花汁
醉一片落叶
及红尘花样
年华一半新红，一半旧荣
命里落英，运里随风
品这有色有味的佳酿
让夜色再多一点酡红
一片红托起整片菊
这一次枫路的情调
包揽了秋水长天的抒情
落入沧海，依水而居

| 看见凤凰城 |

深埋了这一份思
回应，空山静谧
深了更多的红

二、四季缤纷

心上风景

用飞行的速度回馈
每一道驰来的景致
在远方的一角，配上酥油茶的香味
有锅庄唱响的五彩经幡
山转水转的神灵呀
何曾破开原始的面目
恩于你的，惠于你的
福佑着苍生的跳动
透过雪域的万丈光芒
打湿在那一潭碧波的湖泊里
用海拔的高度测量大山的厚度
用苍穹的阔度丹青画意的图腾
湿润几处的苜蓿
迂曲在翠色的草原上
一抹羞涩的高原红
一碧娉婷的堇色花
梵唱空灵的天籁之音

| 看见凤凰城 |

　　似在耳畔，似在脑海
　　欣赏片山牦牛
　　细细咀嚼着那片翠绿

二、四季缤纷

枫　叶

一丝彩霞
点燃了整片晚秋的勇气
再跨过一道道冷风
将酝酿的心思酡上满面的红
与峰峦一起波澜不惊

跌落的时候，痛更加普遍
那些骨枝，倔强、遒劲、落寞
只瞬间，纷纷抖落季节的韵角
让念想飞得更加高远

山，蜿蜒了尽头
也蜿蜒了枫路，那一路的情
静静地躺在尘土上寤寐
微风拂过，心铺满辽阔
令火红的发丝照亮了归路

| 看 见 凤 凰 城 |

　　有些初真,注定在来与去间轮回
　　蓝天厚土的梦,在骨子里就有了翅膀
　　在血管里就谱写了一帧帧长天的歌
　　炫色的坦然,写就了生命的踪迹

　　万般热爱,甜蜜了这个季节
　　紧抓每一次归尘的风速
　　带着滚烫的爱,卷轴似的
　　在秋水中斑驳,在寒风中
　　暗香

二、四季缤纷

做一棵无忧草多好

我藏了你那一支最罕见的诗笔
峰巅上,那云上的蓝格外刺眼
只有一缕又一缕的风
在燃烧她的青春

海拔弥散了云花的芬芳
一个晚上
雷声在,大雨在
你的声音在
你说尘埃会染色
夹着杂念半浮半沉
你说,想我无忧无虑
像无忧草那样,青青的、简单的

我确信,天边没有子弹等待上膛
射进心房的威力
一定是想到的开始就是撕心裂肺的结束

| 看见凤凰城 |

唯那条河,奔腾着捍卫的精灵
护佑着蒹葭的两岸

所有苜蓿都在发芽
摆设一方净土,把感情注射在
那片干净的热土里
再布下十里长空
只待,褪去我浮华的衣着
成为那株笑逐颜开的草
哪怕,退一步就是半空
也是好

二、四季缤纷

冬天里，想你

冬天一白
我就想着春天的那抹笑意
我开始积蓄能量
到时候，春游
一并轻吻桃花的羞涩
尽情让春开得浪漫一些
招来的蝶呀、蜂呀
都是诗歌里的佳酿
风一来，幽香四溢
还有家乡角半沟的樱桃
和红豆相媲美
她更显得水灵端庄
要不，把冬装在裤包里
掏出来撒在天山那边
让雪莲出类拔萃的靓
轻轻：煮一朵雪，酿一杯诗
朗诵一段尘缘

指缝间漏下的话不去点破

一任冬雪北风,冷吹

也不去问谁把谁看透

其实荷花像极了雪莲花

长在春天的尾巴上

荼蘼时会牵出枫叶那一场火辣辣的情

一不小心,梦被踩醒

大地,雪开倾城

一树芽出指心涧

一字酿成的墨香

玲珑的心，念念穿

耳畔撷下甜，温一世眸

天的崖，花香飘舞

壅蔽的成分，剥开红尘

海角边，芳树缤纷

压过白苹

长进心的颜色

澄清心底一摞羞于启齿的酡红

心跳声，越飞越高

在月亮花上展眉

那枚火红的月，如图般倾情着色

晴川黛墨，雅韵极致

只一抬头

那枚银花

瞬间，电过指尖

探出芽头

春 天

1

研一池
初春的墨
勾勒，花开

2

被风熏翠的山
火辣辣的，在冬眠的枝尖
燃起诗芽

3

燕儿的心思
与细雨比柔媚
情，在决堤外，泛滥

二、四季缤纷

4

再把芊绵的情节写细一点
让梦的声音
携蝶一起，暖暖起飞

5

正月过后的骊歌
沁心，滚滚情丝
回音，潺潺

6

草，一天一个容颜
歌，从山茶红到洋红
你看，这春，越开越美

| 看见凤凰城 |

嗨，瞧瞧

春刚笑的时候
我正在采集迎春花的露珠
所有年轻的枝头，像婴儿刚想冒话
它们长出原汁原味的美
倾城的飘香，不遮不拦地
所有人都在点点地陶醉
漫天飞舞的云朵
一朵挨近一朵
摩擦出丝丝三月的风
这风，从骨子里走出来
拨弄着裙角，像潮一样
彩排出一浪一浪的经典
谁也关不住这扇细雨清风的门
夹着燕儿的歌喉
一开口，花枝招展地就蹦了出来
你说，这春是人生的桃色
我笑了，这颜色如水样清醇

二、四季缤纷

越冬而来,不说开红了心
就谈笑炸的绿
嗨,看吧,它喜欢向上地沸腾

| 看见凤凰城 |

夏　语

蜻蜓在点水，这个夏就涨了
先前的夏风里一直生长清凉
后来太阳长大了
地面火火的，辣味十足
像烧烤炉里落下的辣子直呛鼻
猛然记起夏的去年
谶语今年夏是涝夏
不会吧？这夏叶正浓
这夏雨荷可是夏的骄子
描下啧啧赞叹的新意
是一份透着秀气的夏雨情
一旦说破，天就会漏
那雨后的虹，你摸她一下
你眸不醉，她心也会醉
你是明白的
她的清爽和火热都来自她心底

二、四季缤纷

夏雨荷

清荷低语的时候
风在梦里狂放
燃放的情，揉碎了梦境里的芳菲
那一瞬，雨珠小心地渴望世界
凝成一串晶莹的省略
来自南方的
来自北方的
丝丝缕缕的夏风，多一点是摇曳
少一点是文静
一个季节的念头
滋生出不妖的纯洁
每一次呼吸，轮回无数惊叹的暗语
是一些流动的分量
在古风暮雨里，绝色端庄
她攥紧南来北去的目光
承载着千般柔情
当明月从水底把她高举的时候

看见凤凰城

星在尖叫,蛙在尖叫
从此,五月的怀里多了一份惊喜
渐渐地、轻轻地舒展成一朵洁白
她知道,她真的知道
从羞涩的菡萏到风韵犹存的荼蘼
一直是她的宿命
唯有收不住的泪,蘸满世人楚楚的感动

二、四季缤纷

秋景作衬

这寒露未来的秋
表里重叠
发丝动,桂香飘过轩窗
风,着实怕雨一旦交加,彼此尖酸
风雨三千斗,平添萧瑟的狼藉
这一朝满怀的心情
仅是一个狂妄的梦
这碧翠的山,新霞中沉默多情
那梧桐老枝,瘦影孤独
过目处,多一味季节的寒暄
唯有稻香、蝴蝶兰、九里香
次第绽放,水天外,明月江上照
我以为,我在江南秋天里写诗
你在玉门关外空灵
这秋收、秋耕、秋种的日子里
只是坐下,借文字堆砌心情
不想我眼里的秋天失陷在每一个淤泥里

| 看见凤凰城 |

触及秋的腹语，令时空无奈
你的底衬，我的半分心境
留影一张苦涩的灰蒙

记得七月

在你看得见的地方搭下舞台
在你必经之路边接住一串串散落的文字
你是知道的,那个太阳像金子
耀眼得厉害

诗人的夏天,一梦清爽,一荷妖娆
添一层急雨,增一阶高度
锁在心里的那段文字
相遇在梨花露里
落难于桃花酒中
醉成一首红尘之外的野林小令

不在乎多一些暑气
不在意寂寥在滚烫的日子里如何翻炒
透彻万物的雷阵雨
将烦事坍塌,心了,事了
看天,看人,悟彻一遍,心阔一级

看见凤凰城

心思留在云朵上,湿透的是整个人生
纯朴的七月,夯实了我的生命
让我在你原来的方向
就那台高过路面的十字路口
将七月丰硕的心语
轻轻地,揉成一枚心仪的流年

二、四季缤纷

季节在心里音画成坊

遇上桂香的夜晚
清晰的思路跌进一池开败的荷塘里
牵牛花总在墙角边
绕墙而上

家，有画不尽的暖
握在手里的爱，穿过秋冬，到春
一旦说破，文字都会酸软下来
呢喃之语，琼浆之情
因太厚实，揉在嘴角边，紧致

家乡，有爱过的年饭
和安宁河谷里的龙须菜
字库塔、凤凰嘴、钟鼓楼……莞尔微笑
我在风中，听惯了它们的呼吸
以及，揽进怀里的热爱

看见凤凰城

千里马山俊秀,在隽美中
浓缩成小香城的俏模样

有一种歌声,嗨山嗨地
嗨出一种内在的骨韵
刚好,一枚初阳
正正地照在心尖

二、四季缤纷

夏风(组诗)

1

小风儿放心地
在树梢间晃荡
谁都不会见你露面就心生厌意
莫怕,挽住你的风情儿
使劲摇、使劲野
我若占了你的道
你明白的,我会还你一个敞亮的方向
我还将慈悲交给你那清扬的远方
一并将最近的心思留在诗的眼角边
让我的内心在你摇曳的树叶间层层涟漪
一同在灵魂中生出葱翠与繁茂

2

小风儿,我在诗的一隅里等你
等你唤醒洁白的莲
让它在清晨,睁开水汪汪的眼睛

在露珠儿间，邀来蜻蜓为你煽情
你若高兴，我愿意为你握住一个希望的线头
只要你乐意，放飞出去，将夏
整出一片繁花

3

小风儿，来吧，那一朵朵白白净净的玉荷花
不是你灌醉的吗
这一花一树的世界，旷达与华贵
某时候，它需要你的动情
在你的心海里，捧出大把大把的花香
其实，你傲居风花雪月之首
从来就没有给后者丢脸

4

小风儿，你懂的，千百年来
有你的地方，就有诗的落脚点
我就是喜欢你的小模样
大风裹着大浪令人心生畏惧
不晓得会弄出啥动静
你也不想自己六亲不认
你一遍又一遍动容地传情
无非知道自己终究要迎雨走
还好，你喜欢我赞美你

二、四季缤纷

秋　雨

说秋天的雨，一点不懂收敛

独自呢喃不休

每一滴雨都令人生厌

厚重的云，愁眉紧锁

午后，当空那枚焦作的太阳再次提示

其实，世间不需要太多悲悯

以前，这貌似温柔的雨

我夸过它无数次

再夸，恐怕它要蹦出个幺蛾子

人间不晓得会弄出多少泪来

我必须恭送它

快马加鞭那种

老鹰沟

一朵花开的时间,读你的美;
一盏茶的时间,不让你的翠滴下来。

背着心情,看片片落叶的呼吸,
一丝西风的尖叫,宁静的小沟开始沸腾,
整个心在山的怀里跳跃。阳光下,荜草遍地私语,
一茬一茬地在流年的色彩中洗净。
微风荡漾,
迎面清香的气流,惬意到窒息,
朦胧的面纱层层在你眼里舒展。

水的声音,拍打着鸟语,那是最初不变的神往,
有颗初真的心,秀色清透,滋养生命。
看春风生百草,夏风含花香,秋风捋蝶飞,
西风不飘雪。沟在吟唱,人在注目,有些小花在悄然绽放。
品味水的寂寞,某些脚步,它一直记得。缄默是它的性格,
名字的诗意,让目光多了一份滚烫的心情!

二、四季缤纷

螺髻山

绿再深一丝,让我可以听见你的心跳,你翠一次,安宁河笑一次,水草肥美的脸上,倒映着许多伟岸的姿态,托举着明月,如此高亮洁白。用心烘烤的繁星,每一枚都在湖水里涟漪一段甜蜜的情话。

那些天空的湛蓝,深幽地写意,情感在高度上激荡,借用雾语,山峰的棱角异常丰满。白菡萏似的云朵折射在天宇间,夯实了目光的方向。水有多绿,天回应就有多蓝,天地的歌,在遒劲灵气的树枝间,轻轻婉转;在群峰的逶迤里,拉长云彩的动感;在翁郁荫翳的湖水边和一些花儿鸟儿的惊鸿丽影,一起把风景再次惊艳。

打开笑容,再添新意,在你怀里微笑!你的风景,风景自己,也风景了螺髻山人,还有千万游人。俯下身,吻你!

美好德昌

德昌,一座凤凰城,她的多彩,宛如唯美灵动的山水,向世人展示出蓬勃的生机。

德昌,想百姓之想,做百姓之事;德昌,高瞻远瞩!绵阳南山中学,

第十一所子校:攀西绵阳南山国际学校在德昌入驻落成。

百年名校,扎根攀西。大手笔、大思想、大教育、大社区、大理念、大方向!

顶峰气度,学府城邦,德尚古今,德仁则昌!

气韵不凡,莘莘学子,璀璨德昌!流光千里,纯粹、精辟、造化,如此,香城岁岁添香。

德昌,四季温差小,燕子定居,春天栖息;康养基地、休闲度假之所,它们洇开了德昌的温润气候。

樱桃、桑葚、草莓名扬四方!蒜薹味道十足,名誉八方,它们夯实了德昌人民那勤劳淳朴的本质。

文艺星斗臻于至善,《德昌日报》风风火火,生活百味,琳琅

二、四季缤纷

满目,日子在笑意里成章。

《凤凰德昌》书刊以优美的画面描画出一幅幅绚丽风景和小城清韵悠扬的景致,书画艺术七彩魅力,

人文风土独具一格。德昌,以她那美丽的姿态在安宁河谷的四围轻轻舒展。

新能源风力发电的开发,独树一帜,风景秀丽。党建工作,大力抓产业扶持,烟农收入可观。

小城面貌清爽干净,城建工作尤为突出,古色古香的香城,山水迂曲,青山如黛,一卷美好德昌!

| 看见凤凰城 |

凉山邛海,我来了

  我一次一次凿字刻句,希冀字字句句在眼前无数次开合。其间,定会带上我气息吞吐成荫,怒放成行。五月,当夏雨在青翠的荷叶上舞动时,白的、红的、粉的,万万亩的艳,在碧叶上灼灼而妖。

  这一座明丽的月城,与千回百转的梦萦萦扰扰,那湿地,被你淡雅的香,衬了出来。

  大石、菱角、荷花、白鹭、绿柳、石榴……所有的景,必定要镶入雨霏霏里,

  遗落的春色被夏风一一拾捡在枝头上温婉地摇曳,一并告诉这片匆匆而过的客人,

  你一定要细数那些葱绿划过的弧线;你一定会说,邛海,我就在你身旁。

  那一池池荷叶张开无数臂膀,将许多嫣丽托出水面。我走进它的景色里,

二、四季缤纷

看雨打湿庐山,看云雾遮住它的秀色。而海边石块,岸上花草,我们如期遇见。

天地均有意,在我的意境里勾勒出我的惊喜。

并臆想自己有着纤柔的指头,可以在键盘上跳动出如白鹭展翅飞翔的声音,并轻轻地,融入我的情感。

几节文字,如 64 公里铺开而来;如邛海,我常常为你而去。
在我的诗稿里,凿有庐山的翠色,刻有邛海的苍茫,
尽管我没有诗人的天赋。我确信,是莲花早醒,
是夜风晚凉,是我字句在细语,在收合。

是你给我的景,景如诗,诗如夏,流进我的胸怀。
欲将满心的欢喜,以及追逐成行的美,统统写在一起。
嘘,允你心喜,允我心欢,在月城里,
触及最近的、最温柔的月光。

| 看见凤凰城 |

记忆如春

春天的诗意惊得画里画外的色彩在明眸里放纵地燃放，
一寸一寸的山色清浅出人间那弦音般的燕语嘤嘤，
想风的春，想雨的春，烟花般的总有一件姹紫嫣红的衣裳，
美的想象难以控制。

料峭间，青石小巷，酥手油纸伞，旗袍下的雨滴溅起
的珠子在铮亮铮亮的青石板上倒影成幻，
那些久远的凄美，似是伊人脸颊上的泪珠儿，
此生，背影定是无法转身的遗憾。

重山复水，一杯桃花酿，一场梨花雨，
打湿了昔日的旧迹。记忆残成碎片，
走远的情淡了再淡，在心里，
再无挂碍。

唯有春天的心思，萌动你的痴念，
长痴、长念，常得爱。那一年，
我说过：你若一来，这春便开。

二、四季缤纷

暖冬，诗般灵动

身上总有一丝亮点，惊艳时光的美。在有梦的地方，做好让梦成真的准备，不把它窖在黑暗里成为永夜。

陈旧的记忆在不经意的拐角间不期而遇，在突发梦想的一次，分明得让你无悔至老。

刚数九的冬至后，阳光温情脉脉。木棉树树语缀满春天和秋天的音符，

是略寒的风无比细心地梳理枯败的叶儿。

许多季节的鲜明，走走停停，一夜间，菊花枝头，竟然将德昌的冬演绎成灿烂的秋。

处处柳条儿鹅黄，冷风中摇曳，一如秋时，枫红彩韵。温情而痴心执着的意，紧握手心，

纵然梦有破碎，一任追逐花的芬芳。熬到华发，一如既往地拾捡季节里的沉香。

无论梦在春里还是在冬，总有一朵花会在你心里注满芬芳，用诗凝聚美好，感受缕缕暖流与丝丝挂念。

| 看见凤凰城 |

于我，舍得花时间回顾千丝万缕的感触，和谦谦君子的影。

如此大片大片太阳的光芒，以秒的速度，暖你。德昌的冬，相视的瞬间，你感受得到温度的纯粹，
无须片言只语。当爱到惊心动魄，情到无怨无悔，就算那么微小的一个微笑，
足够让爱情的暧昧发出不寻常的光彩。掺和在温暖里，温度何等美妙。

当木棉花和木棉果一并燃放时，春天和冬天一色靓丽。它来得轻，来得柔，在红尘清扬的时光里，
无须秋水长天，也一度魅力。我们总有一回便千悔万悔，我们总有一次是无怨无悔，
我们总有一天会化泥成灰。然而，我们总能在这份亮色里，找到一份真我。

许多时候，一种情调在心上花开，心田心悦。如花般，如冬般，就一辈子，不复杂；
一辈子的人，一辈子的情，一辈子的爱，不太短也不太长，足够一辈子。
既如此，此生，生命铸成一粒沙，
抑或一座峰，唯有情过，唯有因情激励过、壮志过、辛勤过。
来过、走过、经过，轻来轻去，
阳光依然、微风依然、星辰依然、世界依然，我依然。

二、四季缤纷

我听见了鸟的脆鸣,锁住你愉悦的心思。心绪随风儿乱飞,飞不过沧海,却拥有沧海的心,

看水流,看人走,看许多车在大路上圆润地滚动,盼一场雪舞漫天。

过眼的时光,封存的记忆。这冬,橄榄青,生情生韵。最美的事,你的冬,冬的你,彼此温暖。

当一缕阳光轻拂你的风月;当一蓑烟雨捋过你的微笑;当一杯烈酒温透你的心田,

你的情怀荡漾到极致的纯粹,那丝滑般的美好,如三千年根系,三万年花瓣,香醇般地拥你入怀。

初二的初雪

故人呢？新故呢？仙人呢？

一车人挤过拥堵的路段，有风，有雪。魏巍角半山，唯见一片苍茫的白。每一棵樱桃树枝上挂满簇簇雪花，这樱桃花上花重花，如梨花般楚楚皎洁，美、干净得非常极致。

难见的雪，皑皑一片，有一片哗然的惊喜，有一丝隐隐的悲戚。

大片的花海中，将身心投入，很空。如此，我觉得，我的感情先人们或多或少会明白。迎着雪花往高处走，越走越凝滞。

久违的雪在德昌的天空中飘逸着唯美，稀罕。我绝对是带着内心郁闷的心情去追忆的，无可名状地看着核桃树上被风惊扰下来的块状雪饼，诧异地以为，抛下地面的雪一定是已故亲人作别的挥手。

二、四季缤纷

不免伤神,不免感怀。

我似乎在昨夜就接受每一朵雪花的叩问,心口的疼,纯粹得无言以对。约定一个雪天,我和她一同环城赏雪,可是她和我已天各一方了,没有兑现的情节令我们欢喜的雪从此变成我难掩的殇。

假若这雪不来,回忆也许就断片了。曾经真的像雪花一样,来得快,去得快,又来得快……

每一次回眸,一地的雪特别安静矜持。它的静默,深邃、广袤。

我每一步吃力地前行,有山雀的歌喉,响亮着,响亮着……

一个静谧儒雅的环境里,我走出另一个高度。故人已故,新故不新,仙人已仙,我只是在零碎的记忆中仿若走进昨日那娴静的故事中。

春天里的风信子

接住生命中的奇特芬芳
看枝头上的樱桃花来得轻
去得柔
而木棉树丫上的嫩豆瓣芽
时髦的焦黄色
此时,天空亮出最深邃的蓝
风儿尽情地表露情怀的喜悦
溜进眼底里的雪花比来时化得快
群山的轮廓一再丰满
三月的洋水仙,仙得无以名状
像羡慕已久的人生
在春风中号角
这万花的歌喉多了些醉人的引
其实,我们都在幸福的路上
用痛楚和愉悦修行参悟
毕竟,这个季节
美,都被三月囊括

二、四季缤纷

将二月春风交给了诗

我只是喜欢小写意的二月

一朵小春花,黄黄的

花香异彩

沾点春风的柔

花朵羞涩得楚人

一份风光,一份自然

丝丝缕缕渗出翠得欲滴的纯粹

那路旁木棉芽上托着鸟儿

泛出脆鸣

原来,一整个冬天我都在梦

梦着梦着,着装飘逸了

一只翠鸟跳着小脚在觅食

我却误认为它在跳春舞

一天是春,二天是春,三天是春

等春谢时,有夏嫣然

有雨荷婆娑

到头来，春将开成极致的另一个
于是，我不得不早早地
将二月春风交给了诗

二、四季缤纷

春天，真好

像沉睡的姑姑山
怀纳杜鹃万亩
晨曦的雾气迎来纯净的空灵
那是向往最密集的地方
在海花沟的入口处
你能嗅到万花呼吸的声音
将心灵的小轩窗尽情敞开
感受春的味道
一点不错，真好

多情的三月

一只喜鹊当空飞过
勾出我逐梦的欲望
木棉花开得正是时候
与整条街匹配
真的,今天太阳刚好
天空布满深邃的蓝
春天的风那么明显
像一首醉人的诗
夹着叉尾太阳鸟的歌喉
久久回旋
我总是以为
那火红的攀枝花就像美人一样
倾国倾城地站立于春的梢头
看上去,多么相得益彰
真的,你一来
春刚开

三

情感天空

看见凤凰城 ◎

夜凄凉,雪吟唱。无题、无平、无仄、无韵,剪东风画漫天雪魅。愁上心头,望穿天穹,星月无,泪已尽。风无力,雪花儿柔。难为,雪中送情,风中送暖。人若有情似无情,情在何方?见或不见,心在身旁,来与不来,梦中有你。朝暮之意,心音遥遥,可暖你心扉!那墨、飞花串串,诗韵心间。可知否,那些碎心的字,如泪飘,碎一地,皆是梦里留下的行行浅浅深深的烙印……

感 怀

细数这些年，树无怨、花无憾，一时的诺，
一瞬的叹，皆成为此时的述。

付出多过诗情画意的另一面，唯有
修心自语起起落落空对冷月诉。悲思太浓，浮生太沉，
戚戚心音胸怀，荡起人间的情殇，何苦遇见！

安放的人，回不到来生的梦里，背负结痂的痛，
恍若暗淡的街灯照不明回家的路，
让心继续疯长成蒹葭般的迷茫。而那一丝春光乍泄，
足可以把尘俗统统盖了下去。

此时，怕极了远眺，也怕极了回头。
一些温暖在手里散得太快。看许多景在心里跳跃，
除了增一岁沧桑，没有什么可以青春岁月。

仰望苍茫天际，任由时光静谧，
褪去梳妆打扮的每一次需要，
拈一段过往，看人间春来春去。

三、情感天空

情漫三江

爱的千帆叶茂,恨的叶落尘埃。天的空虚,洞开佛性的禅音。

一朵湛蓝的花,用荼蘼的色彩点燃,再用天之晓色涂鸦。合在十指上的痛,

一个解释,唐突了阡陌的灰暗,不够!

一个深红的红尘,涂鸦的美,不够!

一个冷漠的谎花,谢时无痕,不够!交织、纠乱,还有痛爱。一滴泪蘸上情雨,布满百年修来的劫数。用一首诗,斩断所有情的伪足。爱恨脱俗般的美,密布在一声长笑间。

即逝在零线上,封杀每一次情的芽。我,站在自己看得见自己的地方。

任长河情奔,一秒心动的时间。蛮荒天地,情长峭壁。

漏沙之意,云开雨合,泪满三江,我,再次爱恨轮回。

一场说走就走的意境,颠簸雨荷的夏色。有那么多红黑情侣装,弥漫天穹,

裹着身影,从高贵到堕落,风口浪尖,我们在面临。

| 看 见 凤 凰 城 |

那些生活最底层的味道无疑不是在心灵里搅拌成深刻,
我,用坚强站在你的心里。

别说长江、黄河、澜沧江容不下你的情;别说这个七月多少洪峰抵达之地。
瘦小肢体承载不了翻涌成魔的诳语,这个涝夏,你消停,沧海心悦、天地心悦、花儿心悦、清水心悦……心态怀抱,涵养润心。我,用心风干湿润的天空。

有心的感恩,修德修心修诗文,一番天地,缤纷。
若情溢满,也是你角度不好。变了,来了,来了,罢了。
泾渭的纹路薄如蝉翼,这薄而脆的分明,一次次刺痛我的眼睛。
让习惯固守的城池在岁月的痕迹里充盈,这悲喜的爱与情,这无悔的大地,
终在小情大爱里重叠。我,走在你看得见的地方。

三、情感天空

做诗中人

一半烟霞生意,流云、流水,月影婆娑,诗雅月明。

蚱蜢舟轻盈秋水,情翠青山。十里外云烟孤独,小桥弯弯托衬,

一番倾情天地,多一份清逸传神的墨。

胡琴悠扬,小酌清酒,衣袂飘飘。这一曲菊开,天地秋色,合唱心灵,

那一场潸然的泪在诗集里收藏。祈一些美好,种植南山;许一些情节,终有结尾。

画里人,诗里情,悠悠田园。年华起落,再次,轮回。

诗情诗貌,于心于表,纵有屡屡雕琢,不动的诗心,初心袅袅。

不争他人气势,学梨花淡妆。正心态,修心修文。你有气吞山河的量,

觊觎的话变为谶语,不会过量;反之,即是瘖寐诳语。如是,谦而不卑,

脊梁，诗骨，点赞名扬。

诗意清纯，无纳污纳垢，诗歌绿色温馨。诗圣诗仙诗人所著唐诗、宋词、元曲，诗风清雅千古，那些亘古，都是精华。
听诗经轻吟，陶冶情志，
自然用心写便是诗，用心读就是歌。情诗、微诗、长诗、七绝、五绝……一片玲珑。
这一帧万水千山，诗里韵，韵里美，美里真，真里善，无暇于诗，无暇于人。

花笺上落字，最远最近的目光勾留心上。潋滟如画，万卷奢华，终是南柯一梦。寻常平凡的渺，生情生蕴生姿。
粗粝果腹，
疾步轻，心悦。酸而不涩，诗句清甜唯美。
守得云开，雨后彩虹。

做一位诗里的人，怀纳真情真意，抒诗心诗魂，释然心境，则万千旖旎于眸。
剥开诗味，畅饮，方知诗的甘露纯正。
诗路的泾渭分明，碧玉般情节，
诗香千行，诗笔随行，一路放歌。

夜月下，挑灯诗行，弃掉厌世，
心存感恩，诗泉奔涌，情志尽兴。诗种心田，心境浇灌，畅然。

三、情感天空

不酝酿曲高和寡,阳春白雪里匠心,不如海天一缕下里巴人。

诗里人,人里诗,诗胆万象,诗心不更;诗里徜徉,如沐花香、如尝甘醇。

诗品高洁,沉醉诗风,悠哉乐哉,静静写诗,新梦诗派,诗芽稚嫩,

诗我,我诗,做位诗中人。

| 看 见 凤 凰 城 |

我到哪儿去找你那么多的好

时光悠悠地磨,在温暖里听风吹过细柔;
在呵护里看阳光遍走纤细的墨迹,
在你容我的心房里看你看我的清晰,如果
牵手的力量足够,我会把每一次作别当作习惯,
分开的寂寞无力了解自己说过的话有多泛白,
丢掉金子般的爱,拾起瓦砾般的情,这许是人生的戏作,
在轻飘飘的日子里任落叶砸疼每一根记忆,
哪怕,注定那么多。

当冬摧残所有无力的叶子,直至飘零成殇;
当柔指握不住诗的魂魄,在散乱的寒山外,于夕阳落尽前,
温婉抒墨,然后,去那誓言的背景处,
把心声掏出来,画一幅识得的景,把情,
逼真到现实。

写一首自己能看懂的诗,不累,
再一次把亲热过的梦境折叠成帆,扬起来,

三、情感天空

顺着风的方向，至老。

我从不篡改我的过去，我从来都把甜的感觉藏匿于我最痛的地方，
让它占据我的高地。喝一杯苦咖啡，是不用备用精神的，
放下那么多，却没有一件放得那么彻底。
如果凡事都能以汤沃雪，我又何必在痛的神经上再去沤透疼痛！
如此，缱绻成疾，自设关隘，匠心。

我的心海，住着过去，还有初心。将冬梦挤碎，冰雪凌厉，
仅留下一个相望的角度。
这些相对的爱与恨，这么具体，这么透彻。
瘦风，瘦雨，这么瘦，如何描摹烟云的缥缈？
这么瘦，如何掂量情爱的重量？

有爱的人，竟表达得如此艰难困苦！十二月，我亲手摒弃了
最晦涩的无言；十二月，我到哪儿去找你那么多的好？
哦，日子将进新页，我决定，送走瘴疬，明年，好好的。

最靓色的日子

嵌于山尖的云朵，等风苏醒后，云游四方
却忘记了旧时惹恼过风的情怀
将沉默的等待留给了晓春，云朵虽好
却是水做的，带走了花季般的苦涩

在无险无恶的江湖中端详，更迭了心情
更迭了陌路，在老去的春芽里，品味深层的安慰
千千台阶，没一步可退，而前一阶早被雨湿滑
用苦笑埋了吧，无论如何经过
皆是海市蜃楼里最沉重的扉页

从春天里取一枚自在的心境
以嫩绿为美，以清香为美
次第抒情，再深一点、厚一点、浓一点
一阕清歌，涟漪悠悠。这胭脂般迷人的季节
酌酒清明，念及泪的痛处
佯装洒脱，在杏花雨里徜徉

三、情感天空

于青柳之下,数塘中鱼尾,听鸟鸣脆色
看天空垂挂的月儿送走落日
在相视的瞬间,彼此回避
与明月讲述过往,哪怕,渡劫的桃花
比任何一年开得妖艳

换个位置瞧你侧面的红,增一岁,增一次枯荣
让荣光美极了春天,每一次微笑
在零点正刚好,开始幸福
让快乐染透岁月的乾坤
欣赏最美的青山,包容最痴的痛
在心里,早已装下由来已久的那份小缘

| 看见凤凰城 |

看世间情分几许

一直写,趁阳光还是鲜活的。
写心情,写遇事的种种,感受气候的冷暖,
体味人情的变故,以及沧海桑田的林林总总。

下笔随意情绪,唯愿音容还是苍翠,感触就有枝叶。
写完美,写微疵,写晦涩滞后,有真情的文字无须包装,
有实意的语句无须哗众取宠,给自己补上一节生活的主题。

光阴不旧,心就不老。独世诗意,漫天雪舞,谁堪我今世,默念纵情。
描塞北才气,画意境残缺;观风月轮回,望人间雪落。
尘缘珍惜,玉蝶双飞,哪有沧海不枯,褶皱不凸?

捧一丝阳光,对一池明湖,从此情分浮沉,几许看透。
片地雪花,冷一世情怀,扬鞭启程,荡意气,看雪花翻飞,
迎来年暖春,行程溅起洄澜,这样惬意。

三、情感天空

年年记忆,岁岁人情,细细数。人生路迢迢,处处再相逢。抚一世琴音,听雪落声声。一笔一画,不让流年泛黄,画外再加题音。

看那流云飘过;看那芬芳炊烟;看那有爱的土地,写就几许情分。

比雪还温暖的心,在无怨里,在无忧处,在淡紫的岁月越发绚丽。

这缘,绽放在最冷的季节里。写下去,会深,会透,会更美!

走过心情,痕迹有声

都说心灵的故事是清澈无瑕的,我收获的远不止快乐和惬意,
一些隐喻的、一些绸缪的、一些虚空的,总以华美或淡然告终。
从天涯边可以穷尽思绪,一任无语的哀伤告别曾经,忘尽过往,
抚摸目光的远,坦然那一幕火烧的云霞。

看秋水又长,看长天又渺,布下天空的高远,用一朵菊花描写秋天,
细说这月色的那点多情,在淡墨里、在水色里,你在看诗,我在学字,
一点没有睡意的夜,如墨,在星辰下,拉长所有的距离,
让美漫在想象中,引无数梦境天亮不醒。

种下的心情,在回味中成长,再多一次无悔的年少,心悦,
唯愿慢慢陪你变老。所有染色的故事,均有你叮咛耳畔,胜过千千过客的足音。

三、情感天空

　　方方面面，没有你的万一，纵有景致晦涩不堪，心情缄默抑郁，却邀不来前世回眸。
　　这些年离别我的是陈旧的情节，走得太快，也快过了当初，
　　时光如箭，一旦开弓，弹指瞬逝，唯恐羸弱了一场秋雨。

　　这雨中的千殇，即便刀剑如烟如虹，溅起心海跌宕，痛的背面，彩虹七色，
　　笑在一朵雏菊的秋天里，不失烂漫芳华！走过万千心情，点点滴滴的痕迹落地有声。
　　朝暮的笑意里，青青般舒展。你在天空中摘下的白云，是快乐的云花，
　　一朵一朵开在手心里，灿烂在眸光里，能驾驭的，仍然是心情里面的文字，
　　飘逸成一道道风景，轻梳，如时光飞逝的羽翼。

　　红尘的梨涡里藏不住一朵月亮花，在深邃的天穹里，心迹漫天写意。
　　在下一个季节里，只有雪花懂得，凝成直接的冷，
　　花成六瓣，冷冷地在天地间凄美，用润无声的柔，浪漫心情。
　　这过眼的心情，如声的痕迹，一拉就拉成万千思绪。
　　片片思绪玲珑成声，*丝丝心尖*。这心照不宣的心思，
　　在咫尺内沉默，在每一个欲想启齿的唇边戛然。

153

烟雨情，风月痕

烟雨一蓑带情，风月一缕留痕。
昨夜，以荏苒的情节，句读陌路。
人间古今，过眼红尘，细数的后浪抹了前浪，
在缠绵的心尖上，轻轻勾勒。
一笑这一般。

这一冬，江南青黛，生情生意。
一层情一层意，叠在眼眸边，一帧又一帧。
白驹的乾坤，你是愿意的，将背影留给光影。

落败的梧叶，跟风一起嘶吼，你在记忆，
我在忘记。
痴一次月色，万古不亘。
莫怪蝶儿的心海里、花儿的骨子里，全是雪花的心扉，
而雪花的心情又全是三月的歌儿。

种下所有云朵的柔美，开成风的倩影。
愿与你共度。
借你烟雨情，还你风月痕。

三、情感天空

遇而懂，懂而弃，忘也冬风，
记也秋风。
狠一句心里的话，烟花般稍纵即逝。

心的伤，痛了我多久，念了你多久。
抓不住那丝缥缈，任露水有情，风携月走，
彼此潸然。

触摸细雨，轻捋风情。今惜古怀，揽天涯，
咫尺在心，不过是冷诗留旧意！
一杆蒙昧，擦疼情感的心田。
睥睨那份动摇，捍卫不了泪的惊恐。

纵然一秒惊艳，清冽一瞬，深刻比过搔首弄姿。
情绪的触角，延伸的那一刻，街衢仿若渺小。
感情涌满思绪的罅隙，我们，走不出去。

碧山无语，淫雨缠绵。一城烟雨载不动满城风月。
最轻的言语，最重的情花，把情感锁进心田，
在骨髓里战栗。毕竟，这一朝。

果真，烟雨有情，风月有痕！在生命里翻江倒海；
果真，今生片洒的烟雨，来生一地风月！
在岁月里春上冬下，心霾成恨才刻得出
有情的痕迹。

在烟雨情、风月痕外，纵身进去。

| 看 见 凤 凰 城 |

怅望旧影,卷满新意

此际岁初,春似酣,凡尘岁月,过过往往,
心情杂味朦胧,道不明淡云清风,
只是,太多记忆,已刻肝脾,酩酊也好,
潸然也罢,感情浓味在心,终归是挥不去的。
栽上吊兰,香樟,枇杷,我在看它们的时候,
你在看我。

缘分时刻拴紧了疼痛的神经,握住情节的枝节,
漏出一地的纷繁。记忆在心情里跌宕,
心田的味道,是那话头话尾盈满微笑的引子。
拾一根枯草,看他人,来来往往。

寻常心思,淡然就好。小情的漩涡里,窒息心扉
的,依然是囚禁在情网里那份休眠之梦。
沧桑沉淀的厚重,依傍红尘滚滚,人生感慨如江南蒹葭,
萌生太多缠绵。
儿时的面容已经清晰到甜润,连同那杯屠苏酒,也在醉里

摇荡。

龙肘山，子规漫漫；海螺沟，冰冻三千尺；重重山，层层云，那是云之南，南之云，记忆刚好。
你很好，而我就在你呵护的摇篮里秋千荡漾。
我懂，世上，唯有你，怀纳我的独一无二。

怅望旧影，卷满新意，你不弃我，我便攀上高枝，守今生！
和你，迎新柳初芽载三月风轻，和飞燕剥开樱桃花的羞涩，这般。那般。

| 看见凤凰城 |

鸡尾酒

倾世豪情，为博佳丽笑容，纵然容颜褪色，
牵我手，度白首光阴。

残阳温婉，宛若青春蝴蝶，
蹁跹沧海，隔岸花红；海角在即，拥有绽艳日子，
淡定所有岁月。

重山重水，唯有一颗心上的人，重复不了再一个重复。
情是动情的，抒情的，柔情的，故而情之初纯正甘怡的，
最能融化恨在骨子里的殇，最能软化硬度高的疤痕，那一定
是情爱多于嫉恨，还有那一颗苍天赐予的柔软心灵。

红酒后劲，如人生前后。几十年光阴，从看到品，感同身受，
才有真真切切领悟。
静静地有人陪你晨钟暮鼓，那是生命安然令岁月安好。

醉后方知情味皆有杀伤力，情于无色无味的原本，没有防御

力却感染成味。

自己的味一定靠自己懂,懂了,却不一定能明。就如淡了,不一定就能忘。

淡成波澜不惊的平淡,那千层涟漪更密更具情波情纹,一生纠缠不休。

情在,情长,情和缘就会相逢。纯红的酒,似朝阳,火热般,开朗明媚,

那色质里没有多余的渲染,既是没有情结的色彩,真真的,如真爱倾泻,无遮无拦。

冷风外,那场生命里的遇见,小桥小车,以及安宁河岸相伴的星空,

岂止是月落日升的每一个期盼。久违了,那儿时四目相对过的大眼睛。

在老巷里,旧了那节最初的缘分。何来美容的酒,点缀了一次又一次的美。

一个环境一段坎坷,一段坎坷一个天日,一个天日一段悲情;这一个一段的今生,在黑暗里反复寻梦。当天空露出一丝曙光,心情便已经开了花,所有日子都在飘香。那恩比天高,却换来恨比海深,原来大恩大仇是相互应运而生的。

动了真情的酒,那色晕比爱璀璨。
我们可以把生命割舍,却无力割断真爱的灵光。

鸡尾酒，红得通透彻底，也让你无所畏惧并勇敢，那真心袒露无遗。

天地造出的万般景致，多了人间的况味。看你，仅限一个我的方位。

情在酒里，醉在心里，勾出一段深刻，哪怕，注定那么浓！

三、情感天空

旧忆如雪，雪舞弄影

旧念如初，雪将暮，一杆烟雨，雪蝶弄梅。
红尘深处，写满深冬情怀。
南国暖流，空留冷雨，心之角，避风月呢喃，
一腔柔语，醉一蓑烟霞。
向往一朵迎春花的那个春天，采下一丝虹，
放在生命的门楣上，牵引一份含蓄的慰藉。
最怕冷寒的那抹红，蘸满新雪一地，
玉怎能比洁？那一缕魂，压过千千繁花。
唯有念及，片生千里之外的白。
一曲旧谣，裁剪成怀旧的段落，
一节一节都是花落下的音，水留下的痕。
纵有冰弦谈高音，低音之处风声细，
不及一岸蒹葭唱新曲，翠了暮雪。
冷冬伤情也暖心，昨日梦，今夕遥，
一朵梅花，似玉似蝶，许许暗香，
迎身影夜归，众山一行诗绪，小我而已，
旧忆如雪，雪舞弄影。

161

| 看见凤凰城 |

青山之上君心入云

剪成行,单栖枝薄,梦中影。

一趟斜风,一程细雨,无力字间,再抒吟声。恐,音逝,字痛。

青山对岸雨,浅浅抖落,痴了隔江的雪。
片片雪花,朵朵皆醉!

千行诗句勾勒,那一骑枣红马,踏碎沟坎,铁蹄如雪,动九霄。
清芬笔墨,渡情怀悠扬,一眸千转,青山之上君心入云。

三、情感天空

诗染心情

百年风雨,落墨染透江南烟雨,谛听凉风一场塞外北国,看星辰不老、流水情长,风霜眼里,年月又一朝新绿。踏过青葱山脉,走过茵茵高原,笑看花开到老,遮遮掩掩,转瞬间,不过是过往的驿站在时光里稍作停留。

寒风来回吹心,疼痛伤神,一片秋叶的离殇,挂满破译的眼眸,只待,看秋色更浓,听雨打芭蕉。他日憧憬,一再背离,几多感伤纷纷袭扰,竟这般无奈。即便流沙作画,随心之意,违心之话,都在怨与不怨间别离。唯有诗意,蔓延苍穹。

夜色伶仃,孤寂心上,恍若青涩诗作埋于眼底,每个角度,每节段落,可有深深浅浅的水性杨花?不懂,梦与梦的擦肩、泪与泪的湿落,好与不好,真真假假,尽幻成四目的霜。多年前的模样,依然在独唱。这清婉的红尘,里里外外皆是痴狂,生命的诗歌,披上誓言、披上鞭策、披上翠色、披上玉清的诺言,永存心海。

| 看见凤凰城 |

　　身旁万千目光，上上下下地打量，某些人，某些事，都写成点点滴滴。所有漂泊都有栖息的港口，去荡、去闯，回眸时，深深眷念，深深足迹，深深难舍！看透秋冬，就看走了一池荷花露水，曾经一般云淡，写两般诗意；曾经一场邂逅，走两场风景。因思量太密，心情太稠，才有菩提心语，静心回味！一行泪，遮住了掀开的心语，翻开一页，盖上前页，日子在岁月里涓涓细流！

　　青青河畔，田园苍翠，秋韵酿酒，千杯不醉。掬一捧阳光，云彩蓝天。花开半朵，诗意半城，莺歌伴奏，余香缭绕。来日，春风习习，百鸟歌唱，花香倾城！心意出炉，感叹这人在哪儿，诗就在哪儿。开封一道不上枷锁的诗，给心情编舞：红的彩霞，白的哈达，绿的田野，黄的稻谷，千景千媚，心情透悦。

三、情感天空

青山（组诗）

1

"埋骨何须坟墓地，人间处处是青山。"
沙场、戎场、出征、入征
我震惊久久
我想那些英烈
他们把青山绘得那么葱翠
是的，他有树、有山、有水
还有他护着的花儿
我每次看见他
他都告诉我下山时候别枝绿树枝
表示他跟着我回了家

2

回到家
我把树枝插在花瓶里养着
我确信，这样

| 看见凤凰城 |

青山被绿水供养着
相依为命
绝不会一两天就淡忘了彼此
其实，只要青山同意
我一定在他身上刻下我的三生
只是太多艺术家一到山上就写下：
某某某到此一游
就像孙悟空到五指山一样
唯恐天下人不知道他飞跃了千山万壑
于是，我还是默许此生心愿
来生不好说，算了，那就不说
就如此生的缘和此生的爱
不知道跟着滋生的恨
会不会比前者要多几分
而我一旦默许下
我知道，我就稳固了我的唯一

3

我觉得恩怨无休无止
那种恩，就是没有怨的那种恩
就算烈酒烧肠也说甘甜的那种恩
如果某人把青山憋在死角
我会毫不犹豫地给他一剑
一剑穿心的那种

明知坐牢或者枪毙
我宁愿自己不识字不懂法
我得把恩放在心头
甚至举过头顶
因为我知道,那种恩一直牵着我的一线生机
走过生命的每寸困苦
我得用尽我的全力
在他旁边长出我这么一朵凤凰花
在世人的眼眸里
灼灼开放

4

大眼睛从来不会撒谎
也容不得一粒沙子
绯红的脸颊上酡红过年轻的心思
即便山动摇了,我也不怕
我得为青山遮风挡雨
不让山体滑坡,不让草木枯萎
大不了,再读自珍诗一遍
"落红不是无情物,化作春泥更护花"
然后,续写我此生爱的缘及果

5

自珍杂诗写得淋漓尽致
我写不出一个完人
但我能写一个我的唯独
我愿意自甘堕落
成为他的一季落英
在他动情的溪流中
流向他见不着的地方
无论结局
我都不会在他面前落泪

6

我有自知之明
我知道我把人家的诗歌变味地扯到我的故事里
用我的小情小我
咀嚼我花开的声音
尽管我没有在天门山上看见"两岸青山相对出"
的那种景致
但是,那样的景早已定格
他定是纤尘无染的,定是修行极高的
我不会以为众山把我托在一高地
我就大言不惭地说一览众山小

因为我知道
我都看众山小,众山如何看得见我
宽以宽阔待我,我以阔来阔宽我心眼

7

青山对我微笑的时候
故事就开始了青青唯美
比如,山间枫叶红了,它安分地红
从来不越雷池地红
它忠诚属于它的季节
那种生命的颜色一直是我崇拜的
那些树的花,花的果
还有慕名而来的鸟儿
让色和彩相得益彰
特别是云蒸霞蔚的时候
是那么深情曼妙的,是山

8

当夜空无法明朗的时候
当创面在结痂前
当骨骼在骨痂时
长夜的长啊长,长夜的夜啊夜
漫漫长夜,原来是长夜漫漫了慢

生命的每一秒如此清楚得生疼

我可以忍着，忍到太阳从青山的眉宇间亮堂

我可以等着，等到青山在阳光中清澈出伟岸的轮廓

我用山的体魄壮大我的意志

我坚信碧色的山体给予生命的意义

远远不止是给予我生命最肯定的力量

9

我呀，得远离最深的苦海

抵达心灵氧吧之处

必须走到山脚边诚服

必须站在山顶上叹为观止

即便倒也要倒在山腰上

感受山那雄劲的腰劲

撑起自己强大的内心

让风景将自己埋在山的纵深中

而那朵花的魂附着我的思维

将溪水点缀成欢悦

抚慰山那无垠般的胸怀

相信一体的都是山与川的延伸

相信江与河都是山川沉淀的晶莹

相信江与山都是一奶之下的孪生

相信江山与美人相提并论下的故事

如山与花那曲婉动人的情节

待到山花烂漫时，青山越加俊秀
那种刚柔并济的美
一定震撼你的灵魂

10

我取义的那句
温馨一再表白
赋予我温暖的永远是我最贴心的小棉袄
尽管我的诗正病着
半痛一时的诗句定会带给我一生的好
还有，赋予我人间的情是你蓦然懂得的那一刹那
彼此默视，彼此用流动的眼神会意
空气是如此静心，血液是流动的暖，然后，天空是阳光的
心情是阳光的，话是阳光的，山水是阳光的
空气是阳光的，阳光的阳光的
好吧，统统都是阳光的

| 看见凤凰城 |

裹满快乐的自信

为何不用心感动自己的理由
真没有找着
那么多诗堆上春梢
嫩嫩地舒展
微风过后
静立于阳光下的木棉树
多少矜持得有点萌
站在它的身边
稍一抬头
撞个满抱
就像长发及腰一样
变得越发飘逸起来
扑哧一笑
将春天的妩媚
笑喷遍地

三、情感天空

我在诗里安放景致

别的不说
就说我的诗,有点不伦不类
将柴米油盐搁置一旁
就算不让它们出声
香味、酸味一旦蹦出来
饥饿的神经经不起这些诱惑
而年轮,疾风般地成为故事
诗,肥得流油
看流沙、流云、流行于薄凉的一丝眼神外
意外地窥探无数次春天腹中满园的蛰虫
试问,可有一个春雷把万花震开
抑或可以像诗一样安静
此时,恰好在春雨中抿笑
却没露声色
就是为了让我
有个准备
一度,心静地抒发

| 看见凤凰城 |

仰望自己的风景

变幻莫测的天气,体温 37.3 度、38.3 度、39.3 度
和秋天起伏的心情一同感受
努力,回到正常
我没有出远门,我也没打算记恨任何地方
在岁月中行走与参悟
用尽心血,积累一撮洞悉人生与生死的目光
如一棵树下,仅可仰望自己所见的风景
以及,巴掌大的天

三、情感天空

好风水

孩子小的时候,我们做大人的
忙生计,忽略了很多东西
比如:护腰护膝护胃
比如:教闺女打扮
我一直认为朴素最美
我一直认为我身体很棒
那个时候,孩子和爱人说我做的饭菜很香
现在,我还是原来的做法
一成不变那种
爱人吃不惯了,主动全部承包去做
我要求闺女一改从前的素貌,穿得漂漂亮亮的
闺女从不说我做的饭菜不好吃
还坚持要每天给我按摩腰和腿
吃着香喷喷的饭,不禁感叹:爱人的手艺居然深藏不露
我忽然开怀大笑,心知肚明地笑
爱人说:家中女主人天天笑逐颜开的话
表明这家人风水好
呵呵呵呵、哈哈哈哈

痛的明白

你一直想给予我的
皆是你剩下的那丝多余
所谓明白,通俗说就是开窍
就是我一直不想写出来的
我知道,有些追忆
过后都无关痛痒
那时候,专注的目光太年轻
夹杂着太多虚伪的满足
以至于我从来不信
你的用心是真
但是,仅仅是确实的
短暂停顿

三、情感天空

总有一个他,指点我的江山

他习惯挖苦、嘲讽,将诗比作沽名钓誉
他酷爱他的重拳,虎虎生风那种
感情不许讨价还价信誓旦旦就是永恒
他深信誓言,因为誓言为他编织了一个好梦
他的梦不是一个色调,像花一样,千姿百态
梦一直在他手里被梳理
并在心上开成艳丽
他的感觉代表了梦
还时时告白,说任何一朵他相中的花
八九不离十都攥在他手里
一直一直
而我的山河,被他七说八说
差点坍塌

直抒胸怀

我的诗,一直写不尽尘世冷暖
也画不完风景的旖旎
原本,我就想稍息一下
将我沉淀已久的情感
统统写在我流淌的思绪里
于是,我将诗煮了又煮
直到熟透

三、情感天空

夏天的时候,老是想起春天

我喜欢兜一身云南的风
放在横断山脉,抑或泸沽湖
我更喜欢螺髻山的风
沿着山体落到安宁河边
然后,再轻轻地送到千家万户
我若有的选择
定要将烙伤的春天重新改写
我们,没必要活成战栗
终究,夏天
已如期而至

嫩得太青

孩子干爹对我说
写诗就端正心态地写,别当饭一样写
又写不饱,还说
别像疯子样写,又写不出一个年轻
也别网恋般地写,又写不出一个完整的婚姻
蓦然,感觉我的诗又嫩又青
嫩得有点淡,青得有点酸
像一片鸡毛,不堪一击
其实,我一直雕琢不出一个像样的梦
就像你告诉我后溪穴常按
可以治疗腰腿痛啥的
心中升腾的
像天空一样晴,一样明,一样蓝

三、情感天空

从头到脚都是迷糊

这山沟沟的清泉

未将我的凉意幽到高远

却着实令我惶恐不安

犹如我对它好

它却一直认为是妖媚

空气中的湿邪越来越厚

我错觉地认为

水里藏着暗伤、暗疾、暗语

搅得我思维

从头到脚都是迷糊

刹那间的思量

山就在树的掩映中轮廓分明
溪水一直未语
野花的香,在我的距离外游离
这静谧的红尘外景
溪水托着山的高度
竟然,将烦恼刻成一帧
遥远的背景

我相信

我相信爱有天荒地老,还有沧海桑田
我相信情会真意会切,还有虚情假意
我相信飞沙走石撞不坏缜密的心思,却能撞得头破血流
我相信你恰当的时间来,却是我不适逢的时间去
我相信生命坚不可摧,却也脆弱不堪
我相信你和我今生演绎重逢的缘,也在凡尘中尘埃散尽
我相信红尘内除了你的一切还有我的

我就种快乐

那么多难过侵袭心头

我必须学会接纳与融化

成长的日子不少了

瘦极的心扉

偏偏喜欢肥沃的天空

我打算我的今生,不种花不种草

借着肥力,在蓝天中种一片

大大的快乐

三、情感天空

你说你出门去买包烟

有些想法,一直在心中拿捏
我生怕,一旦见天
莫名其妙地受到唾弃之类的伤害
我不确定你是不是去买烟
于是我远远偷偷地尾着你
失望后又偷偷地回家发呆
其实,每一丝小丑般的生动
都是为了让你知道
你的存在,是我的唯一
烟是无比寂寞的
而我的心
比烟还落寞

午夏的感觉

立夏后的第三天
我就端坐在木椅上
收集夏天的温情
我将夏天的热度捧在手心
一半用来砸向病毒的尾翼
一半留给明天
所有景致都与温度有关
我能做的,就是织一个蓝色的梦幻
清澈般、清爽般、清静般
我不知道,那个噩梦到底有没有边
往后的日子里,没有人会让心
再痛一下

三、情感天空

为情，心安理得

1

我曾经把太多的恨揉成
最具生命力的滋养
我曾经把一切海誓山盟
放在它不可安生的地方
数着日月星辰的每丝光辉
最是想放飞自己

2

无论生死一线
无论风轻云淡
总有一个来得巧来得柔的梦
一网捕获所有仇恨凝聚的郁结

3

用一颗良知的心
善变自己、善爱自己
在特想完善一个事情中
违愿地把自己一次次抛得更远
然后，绝地后生

4

我总爱翩翩臆想
种下许多无边无际的梦
纵有太多惘然
终为那一片成忆的美
反复咀嚼

5

那次伤痛痛得招摇
因为有过红尘的离别和重逢
每一次的重量才分毫不差
泪沾染到的，是爱、不愿意辜负彼此
被阳光需要，每一首歌都是绝唱

三、情感天空

6

一个情字
好生了得
水中，雾中，云中，梦中
于心海里播下繁茂
铺开一张辽阔的笺纸
画心，画肝，画六腑

| 看见凤凰城 |

那天那心情

昨天,我拾起弄丢的楼兰
几回猜疑
我东颠西跑地追逐春天
不慎踩伤了心思缜密的青山
那一年,桃花酿不出佳酿
那一月,莲花丹青般地描摹冷傲
诗意盎然的,被笔墨洇染
乾坤的朝暮
我还欠日子一个问号
不需要听个诊,号个脉
心情需要一点消食还需要一点逍遥
那天
那心情凝固成大块大块的冰块
砸得自己的心
剧烈疼痛
我忽然间想起
你已经走丢在春天之外

三、情感天空

打　针

其实，我不喜欢打针的
解疾，是你极力要求
看得出，你需要三分药水七分愉悦
在你身体里十分协作
天使的表情，如我一个样，笑眯眯的
我原本体会过
牙不痛了，关节不痛了，头不痛了，肚子不痛了
髂前上棘外三分之一处下针，快，快到神速
我必须立刻牵远你的注意力
聊些与疾病无关的话题
针筒里，药水慢慢地减少
慢慢地，慢慢地，慢到最后
猛地，快速退针
你居然说我打针一点不疼
我脸部肌肉呈现的笑容
不知道是感激药水还是感激你真诚的接纳
打针打多了，我怕尖利的针挑破护心的阀门
没有伤着你，却伤了我

| 看见凤凰城 |

电 视

这两月
你一直变着花样陪伴着我
你超负荷地扛起无聊、寂寞、生死
你让我远离恐怖

我一定要向你致敬的
特别是你展示白衣披甲那道逆行的风景
你感动了我无数眼泪
你不分昼夜地演绎在下一个无恙到来时
将一段生病的春天医治成功

你生命里的光影
给予我每一分每一秒的呼吸里
竟是干干净净的空气
竟是我梦寐以求的白净
哦，原来你种植在我心中的纯净
一直在你身后
长得比春天还美

三、情感天空

凄婉声声

风一张开胸怀
那份爽开始欢蹦乱跳
长句短句叠成万丈梵音
是莲花早醉、蛙声晚酿
小风溪流外，浮躁卷入夜深处
是谁？号啕哽咽
述说情感的碎片是骗局布下的迷宫
是谁？无视夜之外的梦
一揉则散
有关明月，有关花香
一再打破这酣睡的夜色
是一份山洪般的情感
一泻十万八千里
凡尘多梦，一个头头是道讲爱的人
生拉活扯出一生一世相濡以沫
裹着铜钱的味道和含苞待放的清香
消失在夜的背面
丢下一个单薄的魂魄
失足千里

| 看见凤凰城 |

小小心语

若为小鱼儿却探不着河头
若为小水滴却走不到河尾

不怨河头高、河尾长
小到最小的梦里
一指可抚河头到河尾
一心可纳河山与河川

堤岸一隅，涟漪拂过心海
心海之中，酿一池夏淡秋浓

青眸的理解，三两句话语
定格在春初冬末
将千种风采种在心田
收获万种墨韵铺满心海

抒一份胸襟，渐次打开
不枉文心红尘
微到心声

三、情感天空

空若此生

新的,旧的,涅槃行行
三千尺黄沙席卷整个疼痛过的末梢
当梵音袅袅空山,心,沉鱼落雁般静美

在一个人的心海里走尽时
一生,渺到穷极
空到笔累
任,天地翻新无数面孔

开裂的三生石,抖落烟花般的过往
缺一个人影,缺一壶烈酒
缺一个缘分织就的空间

掏空的心境,描摹不出桃花盛开的场景
那些年,和你一起的风景
俯首在心,仰天在手
柔柔的,捋过手心

| 看见凤凰城 |

清朗如星

阳光从不吝啬温暖
迎风的眼泪流连季节的童真
我在你看得见的地方，亭亭玉立

在立冬和冬至之间，桂香宜人
除了等你，我就仅剩下
慢慢老去

暮色温婉的时候，星般清朗
我，用浅白月辉的余温蘸满诗行
温一地的星光酒，与你同醉

三、情感天空

云淡风轻

阳光跳跃着笑,云儿旖旎着柔
风儿说:我愿意
收集柳条儿的婀娜多姿

似水流年

倒影在清泉中跳溅
向晚的风,挑逗着落幕的晚霞
人间的情,在彼此间鞭答

低叹光阴,低叹荏苒
流年在水中清澈到具体

一味药引,勾出许多疼的根源
我们的懵懂,我们的坚强
以及我们的年轻
在色彩的岁月里沉淀成
意志的痕迹

那些恨,那些爱
那些看不见的翻腾
烙下帧帧灿然

落花作冢

落花对我的意境
添加了无际的哀怜
我的角度一再调整
将流水、枯叶逼向无情

今天，落英无力嘶吼最后一丝艳丽
在凄风冷雨中，单薄

那一冢沉香的隐匿
在厚土的掩饰下，美丽了过往
让念及成为一缕精致的尘缘

一个意想不到的理由
将落花堆成山花般隽秀
我会让你知道
里面，有燃烧的美
里面，还有咆哮的情

| 看见凤凰城 |

凤冠霞帔

我一直觉得我最大的梦不是穿金戴银
那有些鲜丽的词
离我很远
我一直觉得我内在的美散发出来的魅力
远比过金银珠宝的贵气
天下最美的事是
你爱的人，爱你的人
刚好彼此

当一抹余晖扫过你的风尘
当一丝细雨吻过你的纯静
当一缕月光透彻你的善良
你的万物美到极致
从灵魂深处走出来的纯粹
那是光鲜的名词
那就是我的凤冠霞帔

三、情感天空

人世沧桑

他们说：人情似纸张张薄、事事如棋局局新
他们说：沧海桑田、世事难料
一席烟云铺设的酒宴
来得轻、来得猛
黑与白调和的心脏
一面菩萨、一面魔心
纵横着黑与红的径路
走过温与寒的天空
才懂得，雨不是人间的泪滴
它来自心灵的阡陌

那些让笑惨白到血丝的断裂
最终是世间的火苗，点亮希冀的灯丝
因为温暖，那些沧桑才异常冰心
因为彼岸，才有那触摸不到的花香
隔着三世，能悔到肠青
消匿于人世的脉搏
清场般，为一个冰冷
浅笑到僵硬

我记得的恰是你的好

栽下鸡蛋果,栽下火龙果
在晨钟暮鼓中幻化
褪去的青涩,勾出熟悉的微笑
寻遍所有的地方,末了才知道
好花生长在海拔高的地方,孤芳
它们远胜过果子的魅力
有阳光追着风儿跑,注定矫情
有你在青山外,注目
在刚好看得见我的角度里
何不遣我一个叮咛
你是知道的,飘上九天
诺言恰好,风景恰好

三、情感天空

若离若弃

一些隐约的渺茫，一些可怕的风
在众目睽睽之下，声嘶力竭
你不肯接纳，刀锋刺到了眼角
痛成天底下最令人忌惮的晶莹
抛弃曾经，抛弃现在
明天的抛弃如何安排
他们走过的路，他们唱过的歌
我都想走，都想学
放下笔墨，我依然唯愿
拥有你的海市蜃楼
你的家乡，有杜鹃声声
还有宾河路
还有，淋漓成殇的
蒙蒙细雨

| 看见凤凰城 |

告诉自己，心已远走

1

我一直，执意在花粉里成眠
打几壶盛夏酝酿的弱水
研制一碟万卷情丝的墨
痛痛快快，挥就一帧红尘的梦

一恋痴。一念魔
指间戒，戒了一段尘缘的路
烟雾清波，满江袅袅

打动人心的小风
洗涤波澜壮阔的细纹
那些不起眼的薄凉
带走了我的整个江南

水太寒，握不紧划船的橹
风太烈，邀不来雨霏霏的油纸伞

三、情感天空

不小心沉下去的心,渐行渐远
剪一段回眸,后岸远,前岸在

2

在过去和现在间
看流水流,看行云行
看许多光阴在眸子里翻转

我已习惯
多多少少新旧的啼痕
已是惨笑压过麻木
忘记故事,忘记事故
在风和日丽的日子里变换微笑

我的心,如何能料到
风云变幻,多出几味无关山河的愁
今日,我料定
那些情节已碎
真的,碎得恰好

3

一些冗长,一些缠绵
理痛一根又一根的神经

| 看见凤凰城 |

双面刃样的感触
令星辰，布下潮湿的云

因楼兰难见，心跳得失控
因情太深，消磨不起
再遇，愕然天光竟这般陌路

诗，写就一个角度
好吧，把情绪揉成溃堤的莫名
七月，我果真去澳门
必写下豪赌的诗歌
我就信，一个走远的心
早已在上古的天地里
刻下，共我

三、情感天空

浅　白

轻轻，一不小心
心上的旧疤被揭开
泪，牵成线

听最小的动静，在脸颊上肆意滚下
连同云儿翻卷的声音

这一连串狼藉的情节
浅浅的、白白的
记忆在指尖上
居然，扎稳到脚跟

| 看见凤凰城 |

你来了

几度弯曲，还欠青山数回微笑
我不信，冷风无情
旧事的触角，有你挥毫而就的粗枝大叶
那丝霞光，早已安抚了那滴泪珠的摇摇欲坠
这春天，它自南方来
像我不想失去疼爱的蛱蝶
无意地在燕声中抖落一地的记忆
全是些专注雕琢的风景
若能，便是把握
若是，定能永恒
那我大半个身心
还在那段情节里停留
旧时，温柔的桃花依然在相册里羞涩
今夕，你会不会陪多情的樱桃花
走遍三月
我觉得，春一笑
你就会来

三、情感天空

我是贪心的

我所依托的
是风儿摇动枝叶的那点灵气
叶间有唠叨成册的母语
我所打点的
是我乍寒乍暖的心情
偌不在意我,那一潭可怕的静水会溺死我
我所要的
是夜景里,蟋蟀梆子般乱弹
几丝星光依柳,连同萤光荡在心头
我所想的
就是云想的、花想的
我却笑自己三分这样,七分那样
我所梦的
是云儿捻成的烛线,烧成光明
是花儿编成的诗句,香成繁华

执 念

请把长长的誓言折叠后放在
小桥流水看得见的地方
因情感太烈
我怕自己醉后忘我

请把一起走过的美好存在
邛海拍打的那个石头上
因感情太重
我怕自己背负不起

我的字里行间
有江湖、有江河、有江南
陪我越多,越是幸福

如果痛可以喊停,泪可以轰轰烈烈
故事就没有那么多缠绵的情节
请允我,执念我的执念

三、情感天空

其实，你一直在我身旁

你舍不得看我撕心裂肺地揪出千丝万缕苦得作呕的诗句

你舍不得知道我被痛入骨髓的那些植物神经异常紊乱的过敏感觉

你舍不得放弃十多年的手温握持的那份风都化不了的真挚的点滴过往

你用看不见的用心和呵护一次又一次地从我需要的目光里反复出现

他们说风里有凌厉、芳草无归路、雨里藏清泪、人走裹心凉、永诀成陌路

我却把你的名字揉成长句锁进我的诗行里只为闲时拿出来来回地仔细端详

原来，你离我一点不远

| 看见凤凰城 |

我们的一生

我相信,你对他好,他也会对你好
一生的债,一生还,宁愿你欠我,我不欠你。

一生的恩,一生还,你给了我多少恩,我还你多少情。
一生,不容易,尽量,活到极致。

沧桑与冷暖,我们一同品尝。
这一生,想想看,多不过三万六千天。

别把要求制定得太高,别把满足搞成填不满的大深渊,
伤害和被伤害都不用拿来当作自卫的武器,禅心佛机,度己度人度平安。

涅槃因缘,善因善果,气量、气度,君子也。
所有沟沟坎坎都不值得去堵死心门,张弛有度,没有必要在意太多,让目光小成针眼。

三、情感天空

　　这一辈子，父母、亲朋、夫妻、孩子，步履中，我们共同修行参悟。
　　我想说，这份缘的遇见，是前世修来的。要知足，要惜疼。要知道，童心在，心不老。

　　昨天、今天、明天，吃的、住的、穿的，好的，差的，无论怎样，暖心就行；
　　也无论怎样的大家小家，都是自家的。
　　有汗水、有酸甜、有哭有笑，奋力划桨就好。

　　我们的大家，有亘古的历史篇章帧帧入画。
　　不管身在何处，自家的门，记得归来。
　　一家人就说一家人的话，吃水不忘挖井人，无论怎样的生活，都很棒。

　　吾及吾幼，美德都要一一传承，人生滋味，尝得透彻。
　　好与不好，心知，欢悲同行，身心方可健康。

　　金无足赤，人无完人，知错就改，那是涵养。
　　红尘恩爱，世道繁华，这样的日子，无须置疑，是梦的真实在线。

　　这一生，仅有的一生，来无分文，去无带尘，
　　没有什么拿放不下，不必去想，百年后成魔成仙。

若有人系你一生,定要绝不负他(她)。要知道,转过弯,再无再见,那种遗憾不叫幸福!

若有人陪你一生,定要记他(她)一生,做一对相濡以沫,不难。

三、情感天空

百转千回梦萦绕

每到夏来，春还依旧，塘堤柳拂，细雨中，风瘦微寒，小桥略显憔悴。

那束开在春荼蘼在夏的茶花，是否堆满心事的叶儿会禅悟一些长青长春的含义？

万家雨朦胧中，那一袭邛海的江面，一白鹭低飞寻伴，

游船停泊远岸，一动一静，在远景迷茫的朦胧中，在眼前睡莲迎雨靓开中，

这极致的景，竟忘了动动手就可以留住这场记忆。

岸边古榕在一身雨珠中洗礼，夏风轻弹水珠，连同凡尘尘灰统统归隐。贪梦的心扬起婆娑的诗意，醉了远飞的白鹭。

我一直在寻找纯丽的景致，臆想永远栩栩如生地在心眼里回放，

哪怕倦得举手碰触夏风的力气都快殆尽时，依然，让内心的想法简单再简单，我相信，百转千回后，浑浊的思维也会渐渐清澈。

一如，激烈的内心归于平静后，恍然顿悟，夏风自在看荷，

荷自在开谢。

　　庐山在东,怀抱邛海,梳理雾霭,朝为雨露,暮为寒气,脚下,有我这样的游人络绎不绝。
　　每一次回转,百百千千的梦境,萦萦绕绕,我知道,你是懂的,无须夏雨太多,无须夏风太浓,因为,我怕我的笔会绘错你的韵。
　　当夏的热情绽放出更深的翠时,我从茶园走到荷园,在另一头,
　　月色漫过我的笔迹,漫过我的眸光,漫过我所有意境里深藏而唯美的梦。

　　人生的我,在最低微的尘埃里呼吸,苦到尽头的苦,一一吞下。掀开尘的苦盖,掩盖的只是幌子。
　　当滑到最低谷处,所有的声音都那么清楚。没有北漂的理由,才那么安心留驻在自己的小心里。
　　听夏天搏动的心音,当刚好与搏动相撞,再而听见雨线断裂的声音,如烟波密麻呈现,一见,如故。
　　邛海边,我悄悄地,栖息在花伞下,将心思落在云端尖,看云朵如何委身为雨。

　　08年的夏,我接受夏雨任何一次的透彻,然后,化身蜻蜓,与荷花亲密。
　　不管它乐不乐意,我就在月亮城里,尾你而来。
　　让心情舒展成风,淋漓成雨,将百转千回拉直,直到可以看

三、情感天空

见天空的高阔，阔到容纳下永恒的主题。这一次，没有别的，只是再次将你在梦里梳理，令这个季节，如雨，如风，如荷，如诗。

内心里，装下你青粽般的浓情细语，让念及，在古人和新人间醒来。一荷，一夏，瞧，一滴雨滴破水面，
　　顿时，一池水的夏天，转瞬，开成卷卷潋滟的诗意，轻轻地，一圈一圈舒展成这般那般的美。

| 看见凤凰城 |

爱情这首诗，谁品都会醉

我险些错过
看那对鸳鸯戏水的涟漪
泛起那么多情话的纹理

多少情绪被你拗直后
花花绿绿的衣裳成为我的自信
我一直都没有算出
此生，缘点上如期遇见

风雨荏苒，我还欠你那份信任
诗里的桃花，开成三月
尽管寒露已来，菊已绽放
我依然想说：你慢些开，你开不过春天

容我把所有风吹草动的诗句
穿成诗行
把最美的字披在你身上

三、情感天空

你就成为我的辽阔

多年了,你身影在我诗里
来来去去,风雪一地
我想拥有的桃林,你都给了我
就像你精心酿出来的桃花酒
发酵出那么多韵味
分明,你想布一场桃花雨
润色这古韵的秋风

我一直喜欢在诗里做梦
你却在梦里清醒
江南蒹葭疯长的时候
你酝酿的酒越加纯粹

被秋雨洗过的情感
惊醒了我的诗稿
原来,醉得一塌糊涂的不是人,是诗

你举向我的目光
私藏了我所有的诗情画意
怀纳我的柔怀,无可救药地跟爱碰杯
从此,醉足了我一生的情感

玫瑰花香绕指柔

今夜,不告诉你
我坐在月亮的哪头
予我的玫瑰
三千情,三千艳
一路,月华一地
生怕她疼,脚步轻了又轻
触摸到的轻重
令玫瑰开始一股一股的香
她太矫情
香得浓烈,如七月的芳华
一串脚步
歇在九十九步,够了
七月的潇湘雨摘在眸光里
才听见山梨酸甜的歌
还有对对的野生菌
依偎在崇山峻岭
用生命潜入尘埃,轮回

三、情感天空

在宁静的千尺里
想软语浓浓的花事
在我指尖戏蝶出笑颜和落寞
那一节一节的刺
纵有千千平沙
巧妙地镂空她内心的痛
小心着,福佑着一颗火热的心
等铅华如虹
为若水的情披上涅槃
然后,在我手心,婉约开合

无尽的爱

如果有路

我愿遁隐天涯

如果有泪

我可以轻狂泪的梦境

就是一层纱

就是一张纸

挂在鼻尖上，酸

说好吻别的大海可以容纳一滴：

一滴蓝眼泪

说好的，那次笑

可以摇曳姿色

你身后拖着沉沉的影子

我左看右看只看见一次羞红

和那飞流直下的千缕豪气

淘洗比风还薄的脆弱

那么多习惯都是白的

那么多冷暖都是白的

三、情感天空

那么多相视都是白的

一个飞天的吻

震撼指尖的温度

尖叫,撕心,抓魂

但今天

我一再喊我在春天里种下的花蕊

送我一丝温度,我自由绽放吧

送我能风干旧痛的钥匙,我开启吧

揽一丝昔日的旧城里的故事

打理一段新的章节

过渡一段尘封的心缘

日子在水中重复

我竟忘了关上一瓣心门

有一种结局

开初不知是咸的

而是像蜜一样流淌

在笑的浪声里,露出泪的扉页

放不下手心里煎熬出来的火焰

点点燃烧,死无数细胞

掬起冰的火心

捧起云的静好

上游的花迎着风谢

有的美可以渗出苦苦的味道

下游的眼神可以洞穿尘埃里的苍凉

无尽的色

看见凤凰城

迷乱了整个春风
你如何煽情
又如何弄魂
双头的魔
一念成爱,一念成恨
那罂粟有毒
如果都是牵强做的毒
那一场轰轰烈烈的雨
湿得青山无力、河流无声
在春的怂恿下
那毒,越发的红
那爱,越发的长

三、情感天空

空 痛

发黄的情节多了几根缠绕的藤
挽留的酡红,牵出空明的长空
掩饰黑夜发酵的铺垫
承载那一段不为人知的分裂
红尘一旦辜负,心,如何澄清
织进淡忘的缥缈,再回不到从前

生锈的天空,写不出完整多变的灵魂
怀恨,绝对放肆
魔鬼与神都有言辞
我不敢详听
怕脆生生的记忆
将诗句砸得零零散散

错 爱

你不来，我不邀
就算某根神经被浴火，烧成断疾
我，多出几丝额外的麻痹
于是，连欢迎你的茶，都无力泡开

你若来，我惊喜
一阵QQ提示音，扰了雅兴
让我，心生无数惶恐
连真诚的笑，皆凝成僵硬

其实，你来或不来
夏花一样不等任何人
开，就放纵地开到荼蘼

三、情感天空

意　愿

离开，将记忆放逐
轻轻，融在梦里
有错误的故事
在你眸里绽放

在邛海的波里
你的影，已飘很远
十年的纹路，卷轴着酸甜
蹉跎的人，终将斑驳

开启夏的门窗
旧日红尘度人，生动到具体

这夏，传说着时光不老
我却，成全你
让心，化作菩提

| 看见凤凰城 |

一帘悸动

1

装在心上的跳动
一次一次在夜间阵发
呼多吸少的瞬间
你的对岸
是我打捞不上的风流

2

再宽的海，宽不过人心
再高的天，高不过心情
你送我的快乐
堆满心头
已是红花绿柳

3

是你医好我的眼疾
你赢走我全部的欣赏
半朵花笑，笑不开整个春天的心思
满斟绿醑，来来来
为醉里的一份清醒，碰杯

4

回首，怕心一动
晨间那滴露珠就会从花瓣上滑落
回想，怕眼闭上
梦就飞离轨迹
再也，无法落降成一首小令

5

刻意收集的星辰
放在你的枕边
平平仄仄地填上桃花的韵脚
一闪一闪地
染熟所有梦境

6

拾起记忆的章节
却拾不回秋风扫走的落叶
繁华掩埋的隆冬
早已将北国的冰凌穿上南国的红豆
密密匝匝地写在暮春的眉宇间

7

一阕眼眸里的诗意
筑成孤桌的帆
扬起的，是你整个牵挂的天涯
有一种苍劲
是你落地有声的那句

8

触你的手温
在林间，在海边
在你俯仰的笑声里
一遍一遍
轻捋我，及腰的长发

三、情感天空

9

所有泪的感动
刻在每一道皱纹里
约上经年,守住我的天空
日升月落的缝隙里
追赶着风的诺言

10

疾风劲雨下
能够稳住我的不会另有他人
有没有一种下里巴文
酿出最加速的酒
干脆,一饮而尽

| 看见凤凰城 |

你的方向

一粒光,仓促眼前
隔山相望的那行文字
起伏成折叠的目光
唯有晚风的韵律
一场一场地在红尘中奔腾
百态的容颜
用内涵裹着沧桑
一遍一遍,诗涌季节的芬芳
我收到你的执着
在入夏的夜里
一点一点绘制成你的风景
我分明看见
你铺设的方向
在梦的陪同下
开成绿色,开成阳光
在风中,明艳

三、情感天空

情感的放逐

河连山，画面如黛
风尖上，云含泪
掀开，是心情急过的关隘
被夏风一再嘲弄
泪，脆弱不堪
天有柔情，我握紧三分
一个地的故事
包围我所有心情
放逐的流水，补满
我的城池
诗里诗外，河山起伏
当我迎不住狂风暴雨时
企及，你的微笑
是我唯一的眺望

| 看见凤凰城 |

在我掌心的天涯里

横渡有棱的峰

打理阴晴的月辉

寻遍万壑,看风砸出血迹

搜寻岁月,淋过汶川震时飘来的腥雨

一撮震慑间,安然

有无数昨天和明天的星辰

攒集我一望无际的迤逦

愿,脉率还在你目光中流动

三分留与相望,三分还与记忆

于是,在你手纹里,征程

当指温把梦境揉进掌心

窃喜,遇见你的天涯

是我穷极一生的超越

期盼,掌与心的那刻交融

是指尖挑起的朵朵精灵

如何放置,都是璀璨

三、情感天空

有些记忆,可惜写不完整

1

在月的下面
是溪和林的华光
融在夜的咖啡里
品味着遗忘的苦
幸福的触角
每一次,都那么牵强

2

泪字入墨,千殇
有青山、河流的梦
铭刻生命的平凡
有些渴望的翅膀
一旦闭眼,烟飞云散

| 看见凤凰城 |

3

十年的褶皱
我真的不想无语
所有的诗,像我阶段性的情绪
流沙般地消逝

4

在我一笑的秋雨里
我读懂天空高洁里的清澈
糊涂的目光,数不清秋风几度
这如梦的夜空,勾勒人间最初的美
我的模样,却从来看不清楚

5

青山不言,红尘傻笑
风云朝来暮去
十月,老了许多记忆
那些天真,绝对是深蓝里的透彻
把美丽戳得生疼

三、情感天空

6

拴紧心情,化风去闯
年轻的诗,卷轴般幼嫩
今昔,风干一些痛
沉淀出一些春的色泽
那风下的梧桐叶
应该是晚秋

7

细碎的情节竟变作梦里的霜
无边的梦里
刻着经年、刻着扉页
这多梦的年华
在诺言里一轻再轻

8

旧事,在战栗中成长
情落水、意落泥
从前,回不去
一茬一桩,在残存的梦里
看懂生命

9

拼拼凑凑的章节
收不回的,依然是泪
陪着风轻,陪着茶凉
不在乎一场,空的追忆

10

痛了一段又一段的篇章
痛了风花雪月般的季节
痛了千丝万缕的白发
痛、痛、痛
原来,都是痴

三、情感天空

欢喜没有错过

宁愿穿越诗情的永恒
携着拥抱融化冷漠
细细，裁剪桃源里的朵朵心扉
让挂上枝头的软语
亘古着绝尘的歌，轻轻婉转
痛得太晚，才死死厮守
从此，不离纠缠着不弃
驻下，双双足音
倾听彼此心底最深的欢喜
去想，肺腑里的感动
是如何浅浅拧出泪珠的结语
去思，月光里的柔情
与四目，同在恋及

| 看见凤凰城 |

情感的殇,无期

心底
无数梦境接近晨曦
离我八万里的那枚启明星
洗涤每一丝惺忪的梦境
鳞次栉比:露珠、鸟鸣,太阳花
天籁音传来的
不止是江南的丝竹
还有大明湖的夏雨荷
陀螺似的,红尘中跌宕
从此,涟漪我的洄澜
轻梳,千色殆尽
天无力回音
风动,心动
千里堤外,荣悴几许
情一份,恋一份
只有雨霏霏的痕迹

三、情感天空

还有落地无声的心碎
一秒内
笑得干干净净

| 看见凤凰城 |

情感的殇,否认

越来越重的心思
一再落下
曾经对天起誓
如今,誓言斑驳了岁月
继而,染成旧疾
这个夏天的热情
是你设计的蛊毒吗
是你无意瞥见的那丝电光
魔性,痴癫
借着夜色,连天地吼
随即,撕开心底最疼的疤
这一声接一声的轰鸣
淹没了所有梦魇
贴着山脊的那棵老树
一声不响
为那场诺言再次轻浮

三、情感天空

情感的殇，已远

你的眼神
藏在月亮下面
剥开，是一枚蓝色的妖姬
我的耳畔
贴近你的心跳
一再忽略
忽略你的呼吸
及最初的凝视
顷刻，如孤烟飘散
走失在花期外的心
入梦幻灭
扮演清高的笑容
经不起月光的揶揄
刻意的表情无法合拢
身影，砸碎所有的流年
此刻，疼痛消退
就为等一场风
风干，那唯一的瘢痕

| 看见凤凰城 |

独 行

一滴泪冷了适合写诗
天空凭空增厚一层
一朵洁白，一行蹄印
嫣然雕塑一个熟睡的梦境
一个人沉默
一个人自语
两个人如何学会
在怀纳江湖的岁月中
打磨那一首最痛的诗
这冬，冷的不是雪
冷的是雪的颜色
荧屏太薄，薄不过
行走的距离
和相守遥远的目光

三、情感天空

安宁河，你把生命弄丢了好多

年轮里，你一唱再唱
我是愿意陪你慢慢变老的
一段泪水，一段笑容，一段情节
清澈的，是你的眷望，和一泻千里的脚步
夜里行，梦里赶，与岁月平行

某些时候，你纯粹自欺欺人
甚至抛落那一段一段
承载不动冗长的爱恋，你累、你脆弱
尽管你拼命摇曳一段一段落旧的词
依然一个接一个的花朵在你怀里香消玉殒
不止含有孤寂，不止含有悲情

你是不愿的，你很想用弱小的浪花托举呼吸的分量
你是不愿的，你很想在身体里长出大片葱茏
你一直想制造一个大锅盖盖住自己
你一直埋怨自己的心窝太黑太深，尤其是在最热烈的季节里

看见凤凰城

以致你把自己瘦了几圈也在埋怨

你越来越无所谓了,酝酿出的凶险越来越诡异
有时候,你的勇气弱于呼吸
你力求给予生命另外一种解读

其实,你视力很好
你喜欢看蒹葭一岸,还有红花绿柳
以及诗情画意,你是懂的
人世沧桑,你也是懂的
可是,我一直觉得你把生命弄丢了好多
你却不承认,浑浊的脸上
依然在微笑之后冰冷地微笑

夜语星空

夜色再镀上一层黑
爱你的星子是词谱的段子
是银河的七弦琴
醉了一夜不动的天蝎座

没有雨脚的夜
群山多了一抹羞涩
写一些接近夜空的诗
切换成一杯勾兑的红酒
今夜，你不醉，我已醉

惹得风儿披星戴月
这寂寥的夜空
感情挥霍太多，黑就填满了心口
这无花无雪的荒诞
给静谧添了一件秋殇的衫

| 看见凤凰城 |

陪衬的雏菊,牵引不出水天共谣的歌
你的天空,我的暗喻
足可以让心思灿若枫河
让半幅即景,半醒半梦即半生
终与日月共舞,不负此生高远

三、情感天空

一次加一次

我说过,晶莹的是你的眼光
我说过,火焰是你淬炼的
我说过,今生掰成两截
一截担上你的叮咛
一截背负你的千伤
我说过,情绪多,注定风雨婆娑
我说过,没有亘古,却执着一梦
我说过,一些话多了华丽的外壳
我说过青涩被狂澜熏熟
让目光痴了这季迟来的秋风

欲将所有空闲的心境都画作山水
一季心情明白得如此静谧
一场风的过目、雨的淋漓,让心结顿开
浑然不知,落地需要高度
才有雨的声息

| 看见凤凰城 |

我说过那么多次
每一次都在动摇
每一次都驾驭第一次
一次一次,都是我炫目的一片云彩

三、情感天空

海有故事

情节伏笔了几次
风就跟着歇了几回
浪一错过
个性涨满
却涨不过流年的目光

存放海底的粹语
一翻出来就波涛汹涌
曾经沧海,写着三千弱水
曾经弱水,写着桑田千顷
曾经千顷,有骨朵夭夭
这风平浪静的构思
一再秋风,一再秋雨

某些情节被风雨掀起无数跌宕
浪潮过后,泪碎得一塌糊涂
嘶啸心底唯一的低音

| 看见凤凰城 |

唤来月心,漂移水中难断影
内心,柔来填

守着海天心情,治愈百川不通的筋络
这漩涡、漩涡
漩涡一卷秋水长天
一脚踏入,花放万千

三、情感天空

雪　绪

那些过往，吹落的雪
如梦
谁会刻意把幻影来歌唱
深埋的那朵朵暗香
一场又一场锁住眸中的景

描一股风的模样
试问墨的心，也否恋字里的香
令西风挂满枯枝
指尖处来回绕

夜色中，明月再来
勾勒画的静
那些诗，那么旧
不忍心，再翻坏

走了的心被雪描白

| 看 见 凤 凰 城 |

一次一次地述说寒

唯有孤寂能掰开独白的窗
撒满漫天的谎花
心生那么多凉
独角满目的天花乱坠

揣摩在手,予以温暖
隐忍,尔后缄默成行
晶莹的画面
直达心底,连同
雪的魂

三、情感天空

清晰的痕迹

这笔流水中落下的浪尖
带不走浪心撒下的吝啬
一意替天空的颜色暖上一丝
离我万里的火车，呼啸如涛
惦记的沙，惦记的滩
还有单飞的海鸥
啼鸣海的腹语
这红红的九月天
轻扣我窗
一缕艳阳，十里明净
一段路，种诗种歌
一段情，有冷有热
纵无声息，纵无花香
那庞大的青山，还在心间

心情明天

这一天
一盏目光
借天地怀抱,舒展
让我将心思刻进你额头
让我将靖仇兴意枝头
让高飞的心情再次雕进你心田
这条路,有冷月
这条路,有狂风
这条路,有春的召唤
一路花语芬芳
我用一生的目光
抚平这路的创痕
或激荡
或宁静
或张弛
想了,做了,做了,想了
皆叠成希望

三、情感天空

见与不见

第一次，与笑无染
第二次，与哭无染
笑哭的后面，一如陌路

第一回，我没看见
第二回，我刚好看见
看见与没看见就像风的背面

第一眼，不是看你
第二眼，是看你身后的山
你定然没看我，我相信你后面的人在看我

| 看见凤凰城 |

可能,也是我不想看见的

你从不告诉我你形单影只的凉意
需不需要安慰,你不说
我无从知道
喜欢寂寞不是你的理由
在漆黑的晚上做个漆黑的梦
令原本无奈加渴望不值一提
最后,结局一改前后
翻错了一张底牌
格调竟然让人惊诧
夜幕下的群山
呼吸有点仓促
可能,它看见了它不想看的
恰好,也是我想的

相思渡口

梦已经翻转千千次
我的船还未抵达我的港湾
依着东岸种下的青柳
早已经高过我的目光

难不成,牵手只是幻想
难不成绿柳酿不出一滴衷肠的酒
故而,牵手没有诗行来打理
故而,柳儿上落下的露珠
做酒引子都还欠火候

岸口的我,蘸着花香
不厌倦地写长诗
长诗长过漫漫的长夜

诗也春风,歌也秋风
恋成支离破碎,心意脆得发响

| 看见凤凰城 |

只有一弯孤月伴着牵念
酸苦她十分懂

借一盏孔明灯,写下瘦瘦的青丝小字
再借一缕东风,驶入你的手心
约定:纵使千年渡口已为桑田
青丝白过万万年
再见你,依然满城花开
醉入你胸怀
彼此,宛然

三、情感天空

在最深的红尘里重逢

你说过
这一生留恋残忆里的一抹枫红
只是有许多心跳的声音
来得不齐
不小心碰着另一款心动的目光
你怯怯地后退了一步

你说过
远隔重月重阳
远隔重山重水
月华舒展的景致里
有你留下的那段
断了音的歌色

你说过
红尘描绘了你我的风韵
山峰刻画了你我的轮廓

| 看 见 凤 凰 城 |

星空挽留了你我的笔墨
一再的浓,盈满了人间的泪

我说过
红尘没有绯闻
天空有着一双醒着的明眸
云朵缀满衣衫
心,能打开红尘的心扉

我说过
声音纷沓而至
最小心的声音,盛满最深的蓝
将所有红尘铺满落音

我说过
掰开年轮的岁月
拥抱花儿的妖娆
垂钓心情,平静的心底在片片涟漪
红尘的花期,在一重一重的花瓣里
开成一朵不谢的重逢

三、情感天空

悲伤情歌系列之一：悲欢岁月

纵有江湖细雨
掀起红尘浪尖

阡指轻捋，殇一夜华发
遣我半曲音，汪我一世墨
那一卷思念的雨丝
挽不回那些缠绵

歌台后，容颜残
岁月多一份天地的寒
不轻易惹红尘的梦
偏偏沾一身的桃花酒
这花半开，这梦半醒
你的笑，碧蓝背景，连载梦的长篇

这三千六百夜，只惜你青山不老，情在心
皇天后土让苍天悲不尽人间泪

| 看见凤凰城 |

只待青鸾传书
轰轰烈烈一场悲欢翩跹

这秋月冷,这菊花瘦
你带走了爱的饥荒,留下我泪的蔓延
伤心玩味薄凉,研一池弱水谱相思
愁怀浅语,弦音袅袅
再痴你一夜天方夜谭

三、情感天空

悲伤情歌系列之二：尘埃里的花

沧海那朵花
叶深处，深藏
遇见，缘梦无法栖息
这一场落花终负流水
诺言泛白，百个颠倒

一帘芳心，无法进驻你的灵魂
一滴泪的诗，无力捕捉你手里的温

偏偏风雪急，荆花伶仃、梅花孤寂
偏偏倒心寒，绕指千柔、蒹葭蒙心
这一朵卑微的花
这一朵高傲的花，透染凡尘风情

一生之恋，弦音千顷，袅袅星空
一首淋漓尽致的小令，飘满殇秋句

看见凤凰城

隔空的情砸疼一地的尘
碎成片片斑驳,空流、空痛
纷乱一世梦的踌躇

孤影、迷离、浮名、淡泊
在忘记的空白里全是记忆的人

丝丝柔肠,平添褶皱
一梦一孤影,谁会开启你梦里的心扉
谁又会成为你梦里的花

为牵念唱一曲心痕
纠我一生烟云
守住苍白,度一世轮回

三、情感天空

悲伤情歌系列之三：最后一夜

今夜，浅红的晚霞有约
每丝霞光皆化作温酒的引

夜已七分，纯度越高
触摸那桑巴的柔，四分之三拍就好
亲，别踩疼她的韵脚，她太柔太美

几回记忆中的灿烂
将酒调醇调稠
一席旧的痴语，憔悴不堪

夜里夜外，也曾有陶醉
也曾有彩蝶低回深婉
今夜，再次揉紧双舞的倩影
这一曲开始与结束，余一份黑
戳伤那笙歌里的魂
我用诗，行走我的夜晚

看见凤凰城

夜有灵犀,最后也醒
在晨曦来临前,再抹上一缕加速的夜色
只因花花绿绿的夜,唯有酒能惊痛她
酒醒,人更累,心更苦

夜深处穿出,盼,这最浓的夜色
将所有的郁结、滋味,统统带走

三、情感天空

悲伤情歌系列之四：滴答滴答

生命的跳动愁杀了那一秒
每一滴动情晶莹的胭脂泪
汪成潺湲的乐音
白极了那些满目的情节

无法再度还原旧时的容貌
不觉你身影渐渐流逝

心尖掩藏住情和恨，一天的阳光一天的月辉
热极冷极了时光的那轮盘

所有华光有否一个口
沧海桑田孕育了怎样一个雨霏霏的城
三生石上三滴泪，倾城地开成一片雨花花

今生是否际遇成局
十里堤外有没有一个台阶

| 看见凤凰城 |

留下你转身的那一双印

别用断肠的弦缝合这难愈的疤
最生怕下一刻就逝去那一滴答声

这西风催菊谢,这泪比云还厚
一阕清泪,一墨生香
终沉我牵挂一帘:永生的时针上
生生息息,摇曳生辉

三、情感天空

悲伤情歌系列之五：挥之不去的情愁

泪珠玲珑，欠着，欠着一份情的哀肠
挂满菊花瓣的神情，空了明月

蝶与花的恋，草草结局
那个季节，谢得那般无力，那般懵懂

使劲无动于衷，使劲若无其事

一涯的爱，一角的情
绕天绕海，拾不回初心的那一枚
我们，都有曾经的不舍
我们，也有过往的不忍
驻在心里的容貌，如水似风

数着日月起起落落
挨到每个梦醒时分
心芽再长，痛更烈，口更苦

| 看见凤凰城 |

一腔肝火泻不出明目的那段
如何叫我忘得一干二净

双刃的口头禅
误写了替代的寂寞

总把泪痕当作愁花的凋零
却忘了，玻璃心，一碰就碎

撵不走的记忆，令诺言生锈
病怏怏的花，半语涕零
伤得诗，零零碎碎

更待一首完整
力挽，一个风清月明的渡口
共我：同舟

三、情感天空

悲伤情歌系列之六：I Love You

每一节花期叠成软语的婆娑
触及心灵最细柔的敏感

我可不可以将昨日的拥抱
延展到
未来
我可不可以将誓言重新
装订

纵然，山川、河流掏空那场真挚的演绎
却，掏不空那些心照不宣的气息
那些密而不透的夜色，千般好
可否有一次，在记忆的指尖
电到心房

记得念想
记得伤不起

看见凤凰城

记得对自己好一点

I Love You,我一直不说
在执着里千千次贴紧
一万年,一亿年
听红尘深处那朵荼蘼花,梦断三千
一直一直,在往事中吟哦

空白的章节,沉在心底
开满我的美
喝下去的情,润滑着流年里的节节晦涩

蔚蓝的天,磨砺那段感情的浓度
建筑心的提防,只为决堤前守住残缺的那句
明天的你,是不是我唯一承诺的方向

这羞于启齿的唯一
填满诗的空隙
你是否可以还我一个依靠的坚强
回到,我们的从前

三、情感天空

悲伤情歌系列之七：幽狐

你那句话，乱了相思的景
容我梳顺那些摇曳的心事

点亮心的那首情诗
落我左右，溅起无数瑰丽的光环

我知道，冬有寒泪，春有俏枝
那片诗花飞絮
像极了雪舞的青春
那些缘点的画面，镌刻在巫山之巅

再为你攒厚一首无尘的歌
那千年幽幽的修炼，化身为心
狐心的爱，欢喜成念，执着成痴
让心若止水，熔为心愿
足够赡养人妖殊途的生命

看见凤凰城

一直,等你看雪卷雪舒
看风筝天上自由飞
你却迟来了整整一个红尘

我何曾经得起反反复复
踩着头上的刀荒情爱
步不进那片蝶舞的葱茏

爱与情在稻草上荡秋千
一个冷悲的寒噤
将天与地的灵魂惊得
灰飞烟灭

三、情感天空

悲伤情歌系列之八：不具名的悲伤

一尺冰，摇不动沉淀的愁绪
毛毛疏雨感动着深情的那一笔
一缕笑，薄情在天空的表面

月斜青山，看不透天宽地阔
高高低低的记忆，苦涩了亘古的字眼
甘愿被情蒙得五体投地
原地，不断用情丝紧了又紧

如果感情会被泪剑拦腰折断
我宁愿用诗线缝补那些破碎不堪
让孤寂的灵魂
可以在有爱的地方另外一番天地

假若，情仇可以分家
二十五弦平凡不了爱与恨
声裂，弦绝

看见凤凰城

滚滚红尘掩埋无数凄凉的落笔
问世间,有没有一把羽扇
可以轻轻拂去所有刺痛神经的那把多面刃
让三月的爱情,桃花般年年岁岁

如此美的爱情却无法对号入座
只可惜,一缕云轻
载不动分钟内的情感长河
生生地将无厘头的伤悲垒得
高了又高

三、情感天空

悲伤情歌系列之九：你甘会想阮

素光涌进太多疏隽的帧帧淡描
夹着浪花轻盈地走进心楣

一道天光厚实沉重
蚱蜢舟驶进泛蓝的天地
游荡在那节笔锋里

雁断鱼沉间，想起共我的月光
清瘦到逼真
你的身影在我眸里清晰地绽放

你会不会也记起
我摘的那束杜鹃花
在极冷的山尖上，耀眼成梦蝶的红
不禁脱口而出：你，会想我吗

抓住那丝欲断的缘

| 看见凤凰城 |

再续一节肝肠寸断的冰天

借冬风挽留共船的影
云荒、雨荒,荒芜不了生命的雕塑
触手,千峰上,冰指柔

谁把青山诗成晶莹
那片软语呢哝,细细绕梦
我,会想起你

三、情感天空

悲伤情歌系列之十：港边惜别

云气凉生，一路回味
生命遇见的美，相随、相伴
所有梦的坎坷
酝酿出那首断肠的
悲欢岁月

尘埃里的花，在季节里醒悟
却参透不了世间悲情的画面
分分离离，离离合合
情怀不老，诗颜不衰
最后一夜，相望于今天的天涯

听，菩提树下的晚钟
嘀嗒嘀嗒，袅袅禅音
挥之不去的情愁
在人间多了一份永情

看见凤凰城

向心的尖峰呐喊：I Love You
即便隔岸抵达
破碎了一帘幽狐梦的真实
还有叙别的泪
掩埋那段不具名的悲伤
生生世世相惜在
沧海纵深处

那些亘古的港湾
压过三生石上细碎的文字
无数次试问：你甘会想阮
在捆紧的诗句里解读灵魂
一些滚滚浪涛
一次一次，拍打港边的垂柳
落下，旧旧的船票
泪光朦胧地
写满真心的痕迹

三、情感天空

他的美

他的美
他挽着孕妻月月彩超
早出早归只为给老人爱人
洗洗衣服煮煮饭
用呵护，守着女人的巢

他的美
他从女人的目光中穿梭
晨露沾满了裤脚
暮辉染黑了胳膊
他用那双有力的手
撑起了最高最远的天空

他的美
他从街市上
扛着沉甸甸的大米回来
在雨中，他背回孩子和孩子背上的书包

看见凤凰城

他用他的微笑
递给老人一份温暖的暮年

他的美
在爱人的病榻边
守着液体
守着憔悴
那憔悴,渐渐红光满面
在工地上,他守着钢筋和沙石
让一栋新家拔地而起
一头的黑发,已银丝缕缕
那些银丝缕缕
分明是,满满的任劳任怨

他的美
在孩子的笑声中,他笑得可爱
在爱人的笑声中,他笑得灿烂
在老人的笑声中,他笑得安心
他笑的真的很美,笑出了一个男人
最美的美

三、情感天空

那年，花未开（组诗）

1

风柔柔地滑翔

叶面叶内的故事在风中上下舒展

它开始动摇了

它抵御不了风的反复

它只是一株风中摇摆的花叶

它缺乏自信

它的自信从那年花未开时

就已失去最初的坚守

它轻轻坠离花枝，漫不经心、随风去写意

花，一直心痛

痛到自己不再开花

2

弱弱的一株花

在谶语中酿不出任何一味蛊

| 看见凤凰城 |

多少情节邀不来曾经的风
任后来的风,风干了数不尽的红尘机遇
看云有衣裳的梦
听月低吟风与花的缠绵
那一年,花确信,雪来得早
来得猛

3

握碎了一节旧事
连同斩钉截铁的话都看作明白
伪真成梦的面纱
执意捕获了最年轻的恋爱
原来,一只蜜蜂刚好
圆寂花门前
那旧风拐了个弯,从此相忘于陌路
月,真真地看得明明白白

4

当孤烟直上云霄的时候
风露出讨好的笑容
它试图吹开花的芬芳
这是风撞不开它的心门时
释然一笑,泯去心愁,回过头来

三、情感天空

才敢掰开自己也曾有过的温柔
可惜,那份回头,与生命的欢歌擦身而过
铺天盖地的雪花演绎人间的另一场洁白
打结的传说,就此停顿

5

是的,那年,花一直不开
我忽然感觉自己莫名的痛
是前世的因果让我的诗花
在那年,一直、也不开
如此,我的灵犀回放了那场记忆
我原本就是那株彼岸花
难怪,依偎的叶,永生相离
那一千年的花期,铺垫了所有路上的风景
如此血红、血红

6

一千年的落叶,将恨彻彻底底
来生,定会紧紧抱住你
红花绿叶、生生世世、白首齐眉
开,定不开在彼岸
开,就开在此岸
要不,感动精卫

让目光之处,都是花海

7

痛,且痛
来不及揉在诗句里发酵
在相忘的路上结伴而行
我的彼岸,你的此岸
平行线上,扶木鱼修行
让岁月修复诗歌的片片裂痕
将梦,叠在一缕静而痛的月光中
化为檀香
从此,梦中,年年花开

三、情感天空

一再感情（组诗）

1

你把一堆话撂在那个叫永远的地方
用消息的失真掩饰那场遇见
借助风的力量
搬走天空中密集的愁容
一万年相恋，三千年等待
那不过是绣出来的谎花

别把雨珠儿弄来如此伤感
戳痛心扉的句读
是你最远的勿忘

炎炎烈日邀来的疾风骤雨
可不可以理解为
温柔的情愫需要加速的引子

就算天穹开裂

| 看 见 凤 凰 城 |

山河闭容
老地方，幸福的蝴蝶双宿双飞

2

为了相恋
每一次轻吟的心声
为木棉花、为玉荷花、为凤凰花
为德昌
为感恩，一再用心

我看过许多山
行过很多深幽的路
瞧过众多雨打破的芭蕉叶
吃过太多苦菜花
真的，我喜欢恰好的那次相见

就如同读我写的句段一般
需要耐心，还需要你的目光非常标准犀利
怪只怪情感太过曼妙
或多或少
我的繁多，回应回来的是寥寥无几
还好，一路的风景
最近的
最是你心里的圆润

三、情感天空

3

心系一人
无风独行,看木棉花绽后落英
在树枝间勾勒的千百条线条
遇微风,摇摆
嗅淡香盈盈,舒心、舒肝、舒肺
在你笑容依稀的地方
一支烟、一杯茶、一道风景

风太过小气
久不与你招呼,你未免忘了凉夏如何书写
海南有我向往的无垠
那是波涛暗涌的辽阔
那是气温高过我的极限
却,生生朝它奔去的理由

简简单单的人生
花费我不简单的一生
平平淡淡的生活
耗去我一辈子的活力
还因我在情感里浴过五味杂陈
把风景和心境安顿融汇
于美成瞬间的朝暮这不算落寞,还好
有日升月落相伴平生

| 看见凤凰城 |

唯一地，我爱

远蒙蒙处，棱角柔弱地支撑着春的分量，浅浅羞涩。
风过，尘埃静谧，于心的暖，似曾触及。
红尘旧歌千千阕，令回忆踌躇难行，只想远观，还可近赏。
一段年月，沧桑得具体。
一点品，一点念，记忆的痕，荡秋千样，一荡，再荡，荡成金黄。
撑不走春影丽质，是婀娜有韵，是轻佻靓色，春，开成梨涡般。
是喜上眉梢。
那一地，月辉丝般圆润。几丝风的俏色，撩红三月。
枝枝丫丫下的穗穗月光，挽留最初骨缝里的旧疾。
这黛色的夜，磨出一池的墨，在一张白纸上，编排梦的影集。
宛若诗走灵魂，不需声色。
有些欢喜，静静堆积，就如高粱境地，酒香芳华。
一滴手心，一滴心间，皆是繁茂。
唯我们，端坐平安，浸泡幸福，看云白，瞧天蓝。
有浪可抹平，有风可抚柔，有你，夜夜平安。

也因，一柱擎天中，我们的世界浩瀚祥瑞。

忆脚印太深，红星太亮，铸就百年大器，烽火狼烟一闪而过的黑影，

已远矣，远矣。

折翅敛羽后鹰般翱翔，就连汉白玉的声音也敞亮许多。

一条蜿蜒的长城，铿锵之声源自她永远不倒。

心上的疼，在春雨里，化开。这一地，无恙，安好。

天地间，心如虹，印记光阴。擦出火花的人生，成就目光中的曼妙。

无须暗伤吾心，怀揣侥幸，自是走不出匠心圆点，唯百川汇涌后的海阔天空，一亮相，惊艳世人。

一处惊鸿，划过江河，击沉生锈的铁链，书下方正的大笔画，

一撇天，一撇地。

牵引梦的鸽，安然如带，飞在春风里。

心若江湖

飘飞的心情,读茶马古道,定然是在品一段故事,笑靥在月光中飙升,情节在笔尖上洇开。

这夏日薄凉,竟这般深邃,呼一声安好,惺忪醒来,抖落几丝叮咛,惬意。

茗花的芽,在阳光浸透雨露的时候,一缕清香缓缓游来,这是江湖年轻的承诺,走笔浅浅深深。

而记忆在屏前,很近,耳畔,缠绕着瑶琴声声,别碰!那一碰就碎的玻璃心,能刻骨地醉,也能蚀骨地碎。

痛,无声。这红尘,模仿我的江湖,她一转身,我就哭了,原来,两面、三面是她的立体的那面。

如有偶合,庆幸我们都在敲键,很远。雨的泪,粘贴无数心情,一场一场地淋病,又一次一次地治愈。

风里来的遇见,雨里去的陌路,在邂逅无数后,紧握。来的,是凹凸的征程,上下颠簸;去的,是泪的斤两在反复膨胀,撑起的，是骨头的硬度。一瞥彩虹上翘，依然是花开花合的那瞬——惊艳！

尘封不住往事，心思在上，说起一节，起源于你的情愫，在浪的尖上，溅出许多期待。

一滴泪也没挂的夜，

让思绪漫过台阶，再漫过我的心田，牵引你入梦，到朦胧，到苍茫，再到曙光。

耳畔的雨，向着漆黑喊，喊你的名字，如云过客的你，过无影，过无形。想得太多，都已经超过当初，摘一枝夏柳，每一枝都翠了我。

烟波渺渺，心思的背面，有波澜壮阔，有云彩驾驭峰上。这薄而脆的心思，在诗里诗外，将所有情愫一网打尽。

飘来的云朵，诗意在线心海，那片山色一次比一次具体，补满伤痛的路口。隐忍了诸多寒凉。

无心看见树荫间洒下的亮光，才懂得，陌生的世界与黑并不一样。在月亮上扬帆，布下层层谜语；在星星上畅游，亘古里写着永恒。这江湖的笔，洗天，又绘地，这番天地如何越来越抽象。

只是，你放飞的风筝，挣断了我的意境，竟，如此鲜活、深邃。

如风的温柔，一直在脑海里。心上波澜，犹如春天种下的种子，等酷热剥开壳，绽放。

| 看见凤凰城 |

这夏天的雨不是缠绵,也无须料峭来袭。压抑不住的姿色在婷婷中,玉立成宛然,白的、红的、粉的,流出妩媚,淌出高雅。这花是写不得的,一写就谢;这歌是听不得的,一听就醉;这江湖是说不得的,一说就惧。

尘烟滚滚,我望见的背影,只隔着一只手机的厚度,还隔着明月光,隔着潇湘雨,我的忘川,一再成殇。

烟雨红尘,刀光剑影渐次拔节意象的梦,所惑,乃至金戈铁马,袅袅杀戮的情节,萧然,

是那朵雪莲的孤傲,惬意一束,缄默陈旧的故事,险恶封存心底,不耐一丝寒意。

这若水的江湖,在那一抹鹅黄的秋意里写生,牵出跌宕的滔滔心湖,再度,站在秋天的枝头上,瞭望心的天涯,咫尺内,若水般。纵有菊花千顷,情深不过菊花含笑,情浓不过菊花带雨。

飘出的一次思恋,我分明看见的是心若江湖,有画不出的咸,一任泪滴剑鞘;有描不出的甜,抛一声长笑。这咸和甜都拧紧了,被心的浪,托了出来。

如果可以,我的风雨江湖,爱恨情仇,自是绝色绽放。

这江湖的小,是你揽尽云天的情丝。

这江湖的大,是你纵情浩荡的辽阔;我的江湖,却是你目光如诗的留恋。

三、情感天空

尘埃淡定如莲,泱泱大气红尘,我们醒了千次,每一次恩怨,每一次情仇,用心灵净出,平静还在吗?触动战栗,陷入心潭,这长诗,诗意长过江湖搅拌的血雨腥风,被一点梅红舒展在洁白中,从此,轮回。

烟云纵逝,江湖依然深情,将白马王子披上江湖的名字,若能相约,那是,鸟语花香、姹紫嫣红。

宁愿陪江湖到老,海角渡口,一路春秋顺行,心若江湖情,情重于江湖,宛若,蓬莱仙境,百媚千娇。

| 看见凤凰城 |

情爱也是用心酿造的蛊

把过往的情节在思绪里回放一回
那匹桀骜不驯的野马业已驯服
它当真是一匹好马
驰骋、稳健、一往无前
尽管冬天的草长得一败涂地
凝眸看,那不是来自草原的凄寒
是马蹄声太过单调
将古道、西风、瘦马演绎得浑然一体
写情诗的诗人,早就剪辑好一段:
一只毒蛇寻遍千山觅仇人
老苍苍的仇人却在陷阱中放生了这条蛇
是写字的诗人一次一次灼伤自己
梦中,得知自己就是蛇的仇人
却已身中前世的蛊,再也无力自拔
于是醒后,就将自己埋下的伏笔拉直
可是,蛇已经张开血盆大口
唯有那匹果敢的野马奋力护之

三、情感天空

可惜,笔太尖利,墨劲太大
蛇和马都死于诗人诗笔中
不言而喻
活脱脱地整出一个
爱恨情仇来

| 看见凤凰城 |

清醒的爱如一道光感，如此微乎甚微

料定你决然不会将陈旧的事一一忘净
笃定你小看了我的决心是多么地干脆
你一直用半生不熟的目光来伪装自己
你想象我是小鸟、是弱水、是不碎的玻璃心
你可以如闲云般飘浮不定地种植暗香
没有别的，我只是模仿了你朝令夕改的毛病
是情绪过于繁华
是花花世界太过耀眼
是你喜欢在伤口上重复撒盐
只是，我已剥开你那最为不堪的面纱
将重生的火种拨亮了一点
我的心必须接受现实的洗礼
一来，可将昨日相濡以沫约略可见的记忆
清晰地放回原地
二来，可以把一丝难以捉摸的光隐于内心
我坚定，迷恋的门不再开启

隐忍不当

回避世间的险恶
爱上风，爱上云
逛逛风景，写写不会老的诗
邀友喝喝茶
心里不再装有江湖
许是我过于小心
生怕多余的风力会戳伤肌肤
担心低谷里的情绪再会爬出来
纠缠一生
这一生，绝对不会从头来过
在我的世界里
听风声，看雨洒
总有一回，梦中之景相似地走到眼前
一如，你的曾经，你的胆量
我能辩解的一二
不是这点事那点事就能说清楚的
而是放不下一直抵制自己的过往

| 看见凤凰城 |

一边想好好生活，一边想放弃生活
无奈的碰撞如此惨烈
多一味的蛊
无非是多一个不灭的念想

三、情感天空

有那么一点缺憾（组诗）

1

某时候
就是不经意的一瞬间
辜负了另外一个天地的更新
落在记忆里
像风一样
吹得透心的凉

2

真的，别在有风的时候
全然不在意身体正在饱受侵蚀
既然风能出声
流水也能叮咚
吹在你炽热的心海中
响在你心灵共鸣处
那份失意显得渺小了许多

3

有的时候
惋惜的东西多了,需要冰释
不要让负面的东西太过厉害
至少,学会分层思维
在另一个梦里
找到一个写诗的乐趣

4

这个三月
感受春天无比的美,但是
生活也将千军万马放置在心里
瞻前顾后中
我弄丢了那次抉择
美好的命运被我撕得稀烂

5

就如
抓不住一手好牌
定局如此惨痛
我决然不会声泪大伤

三、情感天空

只会，小心地
将心中堆积一个可望的平台
一个折翅敛羽的高度

6

仿若一丝阳光就能晒化
那些僵硬的故事
或许，我拾捡的诗句
早就将我的春天
开成灿烂无憾的
林林总总

来，我们写诗（组诗）

1

开灯，下笔
来，我们写诗
弃掉纹路，弃掉嘈杂
别等你的浮云，只等墨韵青山
八月湿透的，那一卷又一卷的青苔
一蹴而就，一帧的美

2

那枚羞月
和你对赋诗堂
凤仙花七株，石竹八枝
你若不来，攒厚的泥土
泥泞不会
听，一首歌的声音
总在一个目光里，平静

三、情感天空

3

望潇湘的船、长安的灯
祖辈的诗,新人的歌
风雨中出彩,波澜壮阔
来,煮酒酿诗
将今天的朴实写进旧事
让诗,长出无数纯善

4

夜,太黑
穿过黑云,到一处开满合欢花的地方
将对对鸳鸯绣活
等十五的眼睛,水汪汪地见证
瞧,你的诗
多了许多雨打不坏的纯粹

5

那些铿锵、力量、热血
装在柔软的心里,等待绽放
别拒绝八月的芬芳
内有山水,千卷旖旎

内有江河，滚滚风骨

6

还有一朵马兰花

植入一朵世间最美的云里

让世人凝焦的目光

触及记忆

等我诗写好了，送她去南海

她的美，一隅浩空，就种在那美丽的海上

在爱的怀抱里，长一朵南海花

像马兰花一样

7

来吧，我们写诗

别踩疼曙光

让心里豢养的马匹，驰骋

千年后，余味还在黄土上

拌着黄河水，我们川上温酒对吟

来来来，沿袭古人的精粹学习写诗

四

古韵

◎ 看见凤凰城

荷华媚·德昌仙境

樱桃德昌熟,贤人品、味觉回肠甜想。
红莓苍圣献,梧桐滴翠,润风疏五脏。

字库塔,祛俗倾城靓,凤凰花朵朵,香风和畅。
临仙境,流芳壤,乡情依旧,妙待佳人赏。

满庭芳·惜缘

诗意奔驰,宛持来往,红尘浊浪纷扬。
海天宽广,到处有风光。
唯愿繁花似锦,过客处,意挚情昂。
千帆尽,幽深此境,涵蕴两茫茫。
尘缘笺墨浅,柔情似水,优雅悠长。
叹悴容消瘦,一梦惊慌。
只待春晖日暖,再把盼,月影东窗。
苍穹上,廷歌一曲,字句织双双。

| 看见凤凰城 |

写诗的心得与遇见（代后记）

我记得我是 2013 年，骑摩托伤了脚，无聊的时候弄了个群，是一个聊天群，群里有一位老师，网名为树愚，他偶尔进我空间看我写的心情日记。一次聊天的时候他建议我学写现代诗歌，我欣然答应。他是西安人，一位优秀诗人，我的笔名也是老师为我取的，我非常喜欢这个名字。渐渐地，我就疯狂地爱上了诗歌，在"风起中文网"学习并发诗歌、散文啥的。那时候我写的诗歌不像诗歌，就像散文分段似的，老师很耐心，教会我很多理论知识，同年 9 月我的诗歌在该网站做了首版。我 2014 年跳槽在"左岸风文学论坛"发帖，在这儿认识很多新旧老师，比如：山城子、如水心情、飘如尘烟、深冬暮雪、刘恒武、子樵、阿鹏、天荒……很荣幸，我还担任了副站长。之后我觉得我家乡没有文学网站，于是在 2015 年，自己弄了一个"德昌文学网站"，一直至现在，只是喜好而已。不过，我能在里面向更多老师学习着，进步着，也快乐着。我呢，只是喜欢写写，登不上大雅之堂，一直没有辉煌的个人成绩，属于那种自娱自乐的"闲云野鹤"。这七八年来，对现代诗歌有了初步的认识，是自己多年来的心得体会，当然不足的还很多，我明白自己依然会在诗路上前行。

写诗的心得与遇见（代后记）

都晓得五四运动以后的诗歌，打破旧体诗歌的格律的束缚，表现当代风气为主的新体诗，言为现代诗歌。我个人觉得写诗就是写小情小我或者大情大家。写诗真不是好大的文凭、好高的觉悟、好不得了的情怀，以及好高的地位和好高的经济能力才拥有的专属，反之，不可非议，实属正常，细细想，也能令人理解。能写出让人欣赏、感动、赞叹的诗歌，我觉得就是好诗歌。

虽说现代诗无拘无束，是些通俗易懂的白话文字组成，但是，诗，不能长篇累赘地散体形式地写个没完没了，也不能将某篇散文，分节分段就视为诗歌。诗嘛，可以长诗、短诗和微诗，干净凝练，耐人寻味，发人深思，留有余香，这才是诗歌该有的内涵。当然，散文诗又是在散文之上嫁接过来的，既然是嫁接，苗子就粗壮，果实就硕大，味道就更甘甜，也就是说，散文诗要优良于散文。那微诗，是玲珑干练的寥寥几句，每句亮点警句，笔墨少，但皆是重彩，虽然仅是几句，相互间主次分明，互为依存烘托，浓缩而哲理蕴积，既小而精致，又大而囊括，延展出耐人寻味的诗意，我们可理解为字字珠玑。微诗误区是，把诗题解释一遍，相当于是解释词语。诗呢，要有本身诗的味道蕴涵和其间的深意。

写诗之前，在大脑中形成的理念，一般来说，构架和中心思想是一致的。若在一个细节上不放过，在整体上又失去了格局，一下子，下面的句子就非常被动了。一首诗歌，要注意它的连贯性、层次性，若层次层叠，则不能太粘连，更不可偷换概念。更不能天马行空，脱离了中心意思，这样的作品，假若换个诗名，反而觉得恰当。诗句间的节奏也要注意抑扬顿挫，不然，会把读者的气流弄来堵塞或者是过速。就像中医所说，不通则痛，速则不达，给读者造成如此状况，缘由是诗者没有在作品结束后反复吟诵，倘若自己读后有这些不顺畅的感觉，那么必须修改，直至达到满意。

　　诗，本身是有上升空间的，当它上升到民族国家之上，那就不是释放或者是撒气的一般心情文字。因为诗不是耳边吹过的风，风过了就没有一丝感知，自然就不能马虎对待。诗，格调很多，我们中华文化源远流长，在文字和语言审美角度上讲，它的魅力是无法估量的。

　　我们写诗不能太僵硬。留有空间，读者和自己都有余地去回味。就如：在冬天里看见百草枯萎，当春天一来，百草繁茂、生机盎然，人呢，绝对不可能。最简单地说，花谢花开，人也万万不行的。那诗就行，任何时候它都可以是春天，你可以最大限度地去遐思。这个时候说它比人还具有强大的生命力，是对的，故而，诗，某些时候意境意思可以跨越生活，成就对生活的美好认知，同时又在生活中开枝散叶，如此，理所当然就不能脱离生活。

　　我们写诗就是为了让人读它，所有文字都发自肺腑顺气顺心，才能让读者感知你内心的起伏，那就要顺畅，音韵极佳才好，节奏随心随意显得自然。格式匀称，跨度适中，令读者心旷神怡或感同身受。诗句中猛然出现悬崖峭壁或者急刹这种情况，对读诗的人来说，会吓病的，不太可取，某些悬念戛然而止是可以的，急不可耐就不太好了。说朗朗上口，就是泛指这方面。下面各个段落里，我还会多角度地谈及这些内容，仅供互相交流学习。之所以随心所欲地写一些，就是想说，现代诗歌不需要恪守一个框架，没有要先写什么，后写什么，只要布局好了，效果就能达到更好。

　　我们诗歌中的景总是融情之景，因此，诗中之景有的绝不是

写诗的心得与遇见（代后记）

现实之景的原样复现，而是经过了精神淘洗和心灵浸泡的幻化之景。诗人对景色加以变形处置的方式有多种，诸如夸饰、喻拟、折叠、拼贴、微缩等等。将这份景提炼到一个层面上，诗歌的景就美化在眸光中，非常沁心。而诗歌中的人物也有虚拟化、抒情化的。不可否定，诗中人物间接地有叙事功能，这是诗歌情感流动的一个纽带，诗人情志凸显的一个介质。借此，诗中人物一般不具清晰的性格征象，而只有某种符号意味。但就是这个意味，凝聚而凝神地刻画或者表现某人高品质高人格的时候，笔墨下就活生生一个伟岸形象出来。

大抵民生诗歌是大众的声音，这类诗歌彰显时代的命脉，因为诗歌既然来源于生活，那么顺理成章就该回归生活。诗歌写好了要反复吟诵，流畅间的过渡过程也是诗歌的净化过程。

保持欣赏的心态，诗就在欣赏里折射出千千面。而在这些面里，语言是基本。语言的技巧有其更多的技艺，那修辞格发挥到臻于至善的境界，诗就鲜活了起来，留给人的印象就灵动，不会有视觉上的疲劳。真的，注意这些写作技巧，诗歌的韵味会层层涟漪，张弛间，可见更多诗意盎然于帧帧诗情画意中。那么我们就要学会修辞格的运用，当你运用恰当后，读者会透过你写的象，去感受你的意。那一首诗中的意象，无须直截了当地说，让人心领神会才是最棒的。

一首短诗，只要把你所要表达的一个意思（或是一份哀思，或是一份惊喜，或是一份愤怒，或是一份情谊……）表达完整就行了，没有必要敷赘过多意思。个别字句斟酌之后用上去，意思出来后会有更好的效果。就是说，修改是关键的，就如插花一样，选材、搭配、点缀、修剪……后来精致地呈现在眼前，很是舒心

315

美好。你想嘛，枝枝丫丫的，乱七八糟的，不修边幅似的，不整洁，不雅的。既然是诗，那一定有其艺术魅力的。我们说一气呵成，是好事，当你在这首诗歌的氛围里写就成功后，让诗静静地放一下，你的心境在不同时间段的思维下再回头细读你的诗歌，某些不足或者多余，抑或是再添加某些沉淀后的成分，相信，经过多次认真修改后，你的诗歌更加圆润靓色。当然，我们说反复斟酌，反复修改，不是说要把诗修剪成那种光秃秃的模样，那样的话就成了枯枝了。

　　白话诗歌，白得耐品，白得寻味，如开水一样润喉止渴；如清水般滋润纯净；如纯粹的感情，来得真来得醇，同样升华出意想不到的诗意，效果是不一般的好。就是说，白要白来纯净，没有杂质，出污泥不染那种，清新脱俗，于是，你用怎样的笔墨写不打紧，关键是用心就好。其实，用心走，便是诗。

　　诗呢，没有高贵低贱之说。说好诗劣诗，也是在个人品位感知里体悟，那跟个人性格修养喜好有关，不是绝对的。故而，不需一言堂似的否定一首诗，诗既然折射面多，大家言大家意才是本真。一般的瑕疵，点一下就明了了。值得注意的是，诗歌大忌的是：千万不可在诗中出现错别字，跑题绝对是不达意。还有一点需注意，就是一个词或者几个字组成的新词，那就有了它的新词义，在诗中分拆搭建是可能的，就是说，你不能拿一个成语或者素日习惯用语来纠正诗人的某一句子，抑或某一个字，你必须了解诗句在诗中本身表达的诗意和新词语的意义，两者是有区别的。

　　一首感人的诗，里面没有一滴眼泪，却撩人心弦，让你鼻子酸酸的，这诗就特别好。一首情诗，没有一个"爱"字，却把爱

写诗的心得与遇见（代后记）

的难舍难分、痛的肝肠寸断，或相濡以沫的感人的爱写得淋漓尽致，这情诗就有情了，感觉就非常好。一首意气风发、铿锵有力的激励诗，没有一句高尚的口号，却让你心潮澎湃、热血沸腾，有种敢于献身的精神力量支撑自己勇往直前似的，这诗就是好的励志诗歌，满满正能量，于作者或者读者而言，何乐而不求呢？于是我觉得，如我开篇所说，能写出打动人心的诗就是好诗。

诗源于生活，但也不是全部都高于生活，高过头了，就是梦境。就像一亩地只产千把斤粮食，你非要说产万斤，是的，我们说写诗手法里有夸张，这个手法可用于景致或者心意之上，意在表达某种高度或者某种心情的强烈或低落的情感，而实实在在的，又是明明白白的事物不需要如此手法，你这手法浮夸了事实的本真，不可取。就像"飞流直下三千尺"，可能没有三千尺，但是，意在表达很高很高的高度，感觉到的是气势，那么这种夸张，衬托出滂沱的瀑布的那种大画面，这就是升华之意。这个修辞手法的度，就要靠自己慢慢体会，慢慢运用。

把诗区别为下里巴人和阳春白雪之诗，凭空把欣赏角度置换了，是对诗者的不尊重，对赏析者自己也是讽刺。某首诗，能在你心里片留瞬间，并细细回味过，这是诗歌本身折射的亮点在闪耀。若赏析者在读的感受中析出自己精辟的见解，是诗歌反射在读者心里的涟漪，如诗评这类文字，如果被他人自家一派一言否定且嘲讽，可知是自己无知愚昧，在犯一个低级的错。你的层次高了，可能某些细微的亮光不会引起你留意，但对于大家，感觉就在心里刻下了。于是，一人之言微弱，众多声音才是精彩。这也说明一点，能让大多数人读得懂的诗，并能为之共鸣，为之褒赞，这就是好诗，毕竟众人的眼睛是雪亮的。

个人个见,不针对任何一家之言。百花齐放、百家争鸣的时代是诗歌的春天,好的诗歌说它卓越风骚一点不过,当然,有的婉约抒情,有的义愤填膺,有的惊艳,有的哗众取宠……太多诗歌的出现,说明写诗的诗人多,写的人多了,看的人就多。那作品参差不齐是现实,我感觉好诗就像带头羊一样,像启明星一样,朝美好方向行走,如此,现代诗歌的繁华才在真正意义上光鲜亮丽。

所有的诗都有它自个儿的特点,有的诗奇峰诡异,有的鲜明,有的强势,有的温婉,有的细腻……无论特点如何,作者性格决定了这点。可见个人修养知识贯穿在自己的诗作里,这是一点不假的,显而易见,赏诗人也是如此,对应自己品味而言,好诗拙诗是自己口味里感知的,适合你的一款,你的味道感知就浓厚,敏感度也高,那么,大多数人都能体味出好诗的滋味,那诗就是好味道的诗。我们说写诗赏诗是相互的,真的,自己感觉好诗不算数,得众多人感知都好的才算是。

虽说现代诗歌流派很多,但是我相信每首诗歌的诗骨里包含的是诗人的情感思维。所谓灵感就是自己感觉出来的,但说不可言传就不太恰当了,诗只要写清晰写明朗,通俗易懂就好。诗题是重点,要在自己写的诗题里围绕,可发挥,可遐想,可修辞,可夸张……但不可以写些玄而又玄的空中楼阁,既矛盾又无法解释的玄妙意象,这样,目的不明,表达不清,连自己都不懂其中之意,这不是风格问题,这是态度不严谨的问题。如若写雾景,所言之意是在暗示地表达一个可理会的思想内容,那这种写法才是可取的。我们说诗眼、诗心、诗骨、诗架、诗景……无非就是诗歌表达的重点和风格内容等等,皆不跳出诗题之外之意。

写诗的心得与遇见（代后记）

诚然，很多人学识很广，动不动就拿名人雅士或者这家那家的理论说事，自己的道道没有几条，拿这些条码似的东西否定这否定那，不好。我们中国语言，本身就博大精深，相互间何必挖苦嘲笑？不是等于把笑料泼在自己身上？我是相信"三人行必有我师""满招损谦受益"这些真理的，理会在心，有助于自己在写诗的过程中不断进步。当诗人具备宽阔的胸襟和底蕴，以及良好的涵养，无疑，在诗的路途中，身轻如燕，如鱼得水。

我们都知道诗歌诗歌，有诗有歌，这就是说诗歌里一定要有音律，现代诗歌也要讲究这个。一首诗里，所有音节组合的字句都是和谐的，自然地让情感文字朗朗上口，这才好。你看很多歌词，都含有相同的韵脚，歌词明明白白，唱出来韵味多多，这就是一种体现。现代诗没有要求达到古诗词里那些格律，但不能否认古诗词的精髓之妙，我们多学习古诗词，更多文字的精彩才能游刃有余地掌握运用。现代诗歌只要能高高低低，轻缓不一，读出来是抑扬顿挫的，这就是文字好、言语好、声音好的具体体现。而其内容，就是众多理论和实践的结合，古人已故，但是所留下的文化精华是灿烂的，我们不断学习，不断总结，不断创新，不断在诗歌中修行，而这修行，就是实践的具体表现，那精品诗歌就会在你笔下熠熠生辉。

文字低俗不堪，缺乏优美纯洁和真实，那就显得苍白无力，特别是写一些"泼妇型""毒气型""淫秽型"的诗，明白人一看就懂得诗人内心的肮脏和龌龊。这类诗歌污染环境，对初学诗歌的人来说，就是误导，影响不好。也会令赏诗人感觉不快。故而，诗歌不是污浊的，应该是美好的。诗路即便遥远，诗意却不在远方，其实，近在咫尺，我们随手可及。

诗歌表达的形式很多，不是僵硬的一个格式上的书写，在传统汉语言中发展开拓是必须的，那么深刻的语言功底就能彰显丰富的文学底蕴来。用严格严谨的态度对待诗歌里的字字句句，斟酌又斟酌，这也是诗者的高修为。要相信，很多文字嚼劲很大，多考虑多推敲准没错。无知的相关断言，那是不懂得尊重他人而妄言之语，或是在诗的路上自我修行还欠缺，他（她）自己看不见，别人却非常清晰地看得清清楚楚。就像自己的脸一样，脏了看不见，除非有镜子，其实，别人指出来了，没啥的，洗了不就干净了？对虚怀若谷的人来说，没有人会笑他（她）的。

求新求妙求佳中写诗，关键还是要辨清事理。在良好的精神状态下交流抒发，诗就等于生活等于自我，没有高于谁之说。写诗的时候，切忌写些杂乱而无言意的情绪，在自己挖的意境里封死出口，更是没有明窗亮瓦，感觉天地黯然无光，拉杂的语言冗长不休，最终导致诗歌困乏自戕。无论你是表达心情、心意、情绪、情感……在你的视角里经过你的大脑过滤后，上升有了天地，留白的留白，余地的余地，自然水到渠成，诗就成型成美了。

诗，本来就是诗人写的，诗人是人，有情有肉、有血有魂的人，是人就有情感，有心情，有兴趣，有对人生的看法……有得太多，诗呢，同时就具备了这些。我们写啥都不足为怪，怪的是在和平祥和的环境里还写些反动或不健康的诗歌，影响不好的诗，误人子弟。其实写诗写好不难，关键多写多练，多学习，多读诗，然后就容易多了，如此，我觉得我们都能写出好诗。

总之，写好一首诗，不是说面面都要俱到，"金无足赤，人无完人"，十全十美的东西世上根本不存在，有亮点，布局合理，意思明朗，诗意盎然，引人入胜，就很不错了。其实，被人认可的

写诗的心得与遇见（代后记）

诗，就是好诗，大不了众人打个优良平而已。

新诗发展到现在，流派很多，重点在审美方向上有所突破。我们各抒己见，在于互相鉴证互相学习，让诗歌越加成熟。每一派诗，在各自的风格上是不同的，因为不同，意见偏颇很大，争议不少。有争议是好事，但不能抹杀他人的审美见地。那么理性的审美观念就尤其重要，我们要有端正的态度，还要有执着的信念，信仰中国梦，拥护我们的党，这是觉悟和素养问题，马马虎虎的认知态度必然偏离我们的创作中心。无论你写任何作品，良好文艺细胞必然贯穿整首诗的前后，把握好我们的时代的命脉，非常关键。作为诗歌，民生为大，用美丽的汉语言形式表达出来是很了不起的，不仅仅押韵和音律可以强有力地表现出来，更多的是感情纯粹地自然抒发。

我们的传统文化，如诸子百家、诗词曲赋、琴棋书画等等，对我们的影响是深远的，特别是儒家、道家、墨家，以及唐诗宋词对我们的影响特别浓郁。这是我们祖先留给我们的瑰宝，是有无限价值的。因为影响之大，故而，我们的骨子里就有了认知领域里的共性。我们现代诗歌说创新传承和发展，归根到底要有良好的传统理念，并打牢基础，在自己知识涵盖的天地里，对时代里的林林总总要有自己独特的辨析，并在艺术领域里不断突破。所谓文化经济，文化好了，经济同样繁茂，我们的生活就越加美好，自然家就美了，那我们的大家就更加繁荣，这便是我们说的：家国昌盛大美。故而，如此说是没有矛盾的，现代诗歌是前卫的。

诗歌在意象这方面看，在传统的基础上，比如并列、叠加、通感、脱节、切割、放射，方式不同，表达出来的效果就不同。历史在发展，诗歌也同样飞速发展着。不能因为我们不懂这些写作手法,就否认了诗歌本身析出来的美感。我们应该接纳新生事物,用最好的语素雅致地表达出诗歌的内涵与深度。

现代诗是在一定的土壤中成长壮大的,而这土壤就是指环境,简言之就是我们这个背景时代。众所周知,诗是文艺作品中的一种,它也需要烙上时代的印记,它的风格就该定格在这个新时代的美景中。比如,新冠肺炎疫情期间,一批又一批的诗歌像白衣战士一样冲锋上阵,它们安抚和激励人民受伤的心灵,众志成城地投入到抗疫的战争中;比如脱贫攻坚战中,诗歌彰显那一拨又一拨的攻坚战士任劳任怨的奉献精神,在他们的付出中,幸福传遍千家万户;比如向零艾滋病迈进,那些诗歌与艾防人员一同守护艾滋病人的安康;比如火灾中,救火英雄在诗中具有光辉形象,他们伟大果敢;比如防洪抢险中,诗歌与他们一道共进退⋯⋯而这些题材,恰是大情怀、大情操、大爱精神的体现,是大雅的。我们是诗人,应该肩负基本的担当,如果对这些民族题材都视而不见、听而不闻的话,你就算把风花雪月写得再好,也不具备良知与良心的情怀,真善美是残缺的,不可能成为一位优秀诗人。

新诗层出不穷地涌现出来,既如流沙,也能在激浪中淘出金子般的华光。是的,生活如诗,因为生活美,诗也美!那么我们环境中的大气候、大方向、大动静⋯⋯都是诗的素材,皆是我们诗者的责任与义务。正能量的诗歌,能激发一代人勇往直前地去追梦。这就是每一个诗人应该具备的爱国情怀,爱国意识强烈了,流动的美从骨子里自然抒发,它所体现出来的亮点就是无限美的。写诗如做人一样,做好人,写好诗,诗如人,人如诗。

诗歌是美的,诗歌本质特征明朗了,其间形式和内容的表达是相辅相成的,故而在社会中飞快地发展,那么,语言艺术的含

写诗的心得与遇见（代后记）

蓄而内在的美脱颖而出，从中可洞悉诗人的情感世界的纯净美好。

诗美诗人美，精品诗歌流芳在世，人生意义精彩了许多，美的意义才会越来越纯粹。写诗这些年，收获很多。

山城子（李德贵）老师特别喜欢赏析文字，也是在他身后跟着学习了多年，我感觉特别荣幸。李（山城子）老师非常谦虚，待人如君子般坦荡，人品诗品都高洁，如今退休了也在育人，他的学生很多，我只是其中一个，于是林林总总地写些自己的感受。许多他人见地，也特别优秀，我所言的，仅是个见，如能对喜欢写诗的初学者有所帮助的话，那我的诗集就算没有白出。

之所以出这本诗集，最重要的还是因遇见蒲雪野和王开平老师。正如蒲雪野老师所言，给自己爱好文学来一次总结，让心灵得以慰藉。也是源于蒲老师的一再鼓励，要知道，人生导师难求难觅，我能遇见，三生有幸！蒲老师是一位散文大家，文字功底了得，文如其人，是一位非常优秀的老师。他不是那种"文人相轻"的人，他的胸怀就像他的字一样，非常纯粹美好。有的人一见如故，大约就是说的蒲老师，他的胸襟，以及他的热忱和率真，足可以令我后半生的每一首诗皆光鲜亮丽。

之前想了一个高大上的书名，闺女说太大了，于是我重新想好了，就取名《看见凤凰城》，我本来就爱我德昌的，我觉得吧，把自己家乡写好了，那些大美的大家园才写得好，何况写我家乡的美，从中也能看见我的家国的美。

说到出书，源于我遇见了牧桥老师。牧桥是笔名，原名蒲雪野，一个字意灵气的名字，一个有故事的名字，一位资深的优秀的著名作家。

2020年，4月4号，德昌凤凰阁茶楼，第一次遇见，我听他讲，真名笔名皆是他自己取的。那一番语重心长的话，最能打动人心。

平凡真挚的情感往往能感动平凡人的心，感谢缘分让我如期遇见，谢谢您！

蒲雪野年少时，能执着朝自己梦寐以求的理想行走，着实不易，写文能写到如今，已是才情满满，很是了不起的。他如今好几本散文集面世，我翻阅后，非常惊喜，比我想象的还好。

因德昌，因娟主席，因缘，因德昌夏承政老师、程方琳老师，还有王开平老师，因我有幸在德昌作协里，荣幸，虽没有正面和蒲老师说过什么话，但是听他讲话，有内涵，有气质。

他签名赠予我的那本书《远方的意境》，扉页上写着：愿晓凤成为德昌的金凤凰，蒲雪野，2020.4.4。我珍爱着。

晚上离开桌子时蒲老师问过我："你家住在哪儿？"我答："南山。"他似乎不相信，又补充问："南山？"也许他理解为是我胡乱说的，毕竟绵阳才有南山，其实我就住在我们德昌南山印象旁。

夏老师年迈，没有在作协里走动，我不认识，但认识他写过的文字，人如其人，表里如一，一种学识精神在他身上体现得淋漓尽致。其实，有些感觉和缘分可能上天早有安排，非要我在一些特殊环境和特殊气氛里，更加认识一个人，更加记住一个人。

蒲雪野和王开平老师就是在一个特定的环境下认识的，我能肯定两位老师是我此生最敬重的老师。实话，蒲老师直爽，有话直言那种，心思灵巧纯净，而且低调谦和，王老师幽默含蓄，多了一些风趣的情味。

两位老师一静一动，一唱一和，简直默契到天衣无缝，又恰有悠远的情怀，高素质、高涵养是两位老师的共性。我一直默默

写诗的心得与遇见（代后记）

专注地听，那些抑扬顿挫的话音，让人心情舒泰，真的，相见恨晚的感觉油然而生。

蒲雪野的文字我喜欢读，文字里的人和健谈于讲桌上的人一比较，特吻合。他的文字生涯，并不是一帆风顺的，酸甜苦辣皆有，一些对人对事的看法和感悟真真切切，人性的真、善、恶、丑、美，皆在笔墨里写实，每字每句整整齐齐反映着人生的历程。在生活工作中书下自己最为灿烂的人生，在行走的路上写下最朴实的心境，那是远方的，也是我能看得见的意境。

感动自己再感动他人，这是蒲雪野的真实写照，不假，特棒！尤其丑恶、奸诈、无德无品还作怪的那一面，在蒲雪野的文字里，由他种植出来的荆条，打在坏人身上，嗯，感觉很给力。

老师文笔犀利，这点好，我却不敢这么写，我不敢跳出三界，一直在五行中，我打算必须向他学习，怕啥呢？写字也是一门艺术，一些不懂尊重别人的所谓"人物"，甭理会太多，自己写的文字一定要玩通泰。

我也不知道自己控制力好不好，许是不太好。常常心里默念很多，告诫自己，凡事大度忍让一些，别等将来，闹出别扭的事情来，自己无法收摊，于人笑话就不好了。

其实，认识蒲雪野前，我情绪不高，我指的是我写文字这块。

比如，我看见好多图书馆已经变了，买书读书人很少了，里面卖的书本大多是学生用的考试资料，这些好卖，四大名著在地摊上可以买得到，10元三斤。以前我真的买不起这些书，现在蹲在地上买了一套，心里开心，继而心里莫名其妙地酸得不成味道；再比如：写诗的写文的发稿出去，要投票，以票多为好，方可入围，以打赏多为好，方可认为是精品！

| 看见凤凰城 |

我在好多群里接到网友或笔友请求投一票,话语恳切。那啥诺贝尔文学奖是不是也是这样操作并炒作的?大概不会吧。唉,写字的人,弄疯癫了,病得着实不轻!

我也不是说我写得好。说实话,不好,真好的话会得好多奖,但是我没有一个奖,怪可怜的。只是这些负面的事情让我打不起精神来,没有好好学习再学习,浪费了许多光阴。

我也一直没有打算钻一些一步登天的捷径"天梯",将自己弄疯了不划算。但是看见蒲雪野老师的书后,我的思想理念有所改变了。

我的路程,我应该留下一丝痕迹,毕竟红尘太薄,很容易被掩埋,就算留给我闺女吧,待她如我这般年龄的时候,偶尔翻阅,当作打发时光。

我同时也相信,当我作古了,对孩子的爱,会在记忆里回放的,这些字会让闺女知道,我一直是幸福开心的,活得特别踏实。特别是我有爱我的闺女和爱人,此生足矣。只要我闺女有开心的感觉,母亲在任何地方都是欣慰的。

对我的家乡德昌来说,我的爱是真醇的,我渴望她一天比一天美!

我不得不说我脾气也怪,不太奉承人,不太浮上水,不太拍马屁,不太狂妄,不太自诩,若某个人真的是我赞美的,那他一定非常优异,定能占据我的一席心地,蒲老师就是一位!非常令我敬重的老师!

我呢,喜欢只争自由自在的朝夕,当风雨欲来,明知泥潭,明知嘲讽,但我已经学会缄默与回绝,小青春似的埋怨,耶,多余,我毕竟是过来人。

写诗的心得与遇见（代后记）

  一杆小秤，如何称量？你的味，我的味，不过是青菜萝卜味。所以，有人对我说三道四，嘴巴长在人家身上，对疯子就拿出疯子态度，说啥呢？我还没有疯，不介意。

  但，请你别攻击我的喜爱，这个不在法律权限里，你没有资格说东说西。就比如，我敬重的蒲老师，我喜欢写，没有挡着某人的道吧。

  "和我一起跨过省，跃过国，看那么多高山流水，品也品出你的味，看也看透你的心，"孩子干爹说，"这点酒，不在话下……"端午的时候，我不也是这样看着孩子干爹醉了后说了许多道道来，于是理解了无聊的人际的纠纷，以及为人处世的道理。他的逻辑和思路非常开阔，我在心里感叹，之前对有人埋汰我拍马屁的事情，心中甚感不悦，继而释怀了。

  如果说还有许多心结未开，还有许多不痛快的情绪，纷纷扰扰不清不楚，那煮杯酒，借着酒劲，高高低低也不管，英不英雄也不管，酒是好东西，能壮胆就好，哗啦啦地一吐为快！

  因为蒲老师也是真性情之人，他也在潜移默化地感染着我。"其实我看好的并不仅仅是你现在所拥有的文字功底和作品质地，严格来说，它们还有很大的提升空间。我真正欣赏的是你所拥有的文学情怀和散漫又勤奋的写作态度。这些品质对于一个写作者来说是很重要的。拥有它们你就拥有了写作的快乐，你就找到了写作的价值和意义。"这是蒲老师的原话，能得到老师肺腑之言的引导，特别感动，这番话，是我人生中收获的一段最美的座右铭。

  有的人，抬头不见低头见，却陌生得可怕。蒲老师给我的感觉不同，仿若多年前我就认得了。五一节过了，儿童节过了，端午节过了……我一次都没有留言祝福老师一句。其实，心里多想问候老师的，但有心结了，怕"拍马屁"这个帽子无端滋生，毁了老师的清誉，不过，写是我的自由，不怕无趣人来数落我。

非常感谢蒲老师支持我出书，说实话，我有点受宠若惊。虽然素日里爱拉拉杂杂地写几个字，但被资深前辈看好，许多滋味无法尽然体味。这份感动，这份感激，用什么话表达我都嫌苍白，我放在心里，永生。

我将这两年写的诗歌统统修改一番，才异常头疼，原来，我一篇也不中意。我没有啥见地，文字平淡，语气不流畅，遣词欠缺……当然，老师鼓励我，我懂的，并告诉我还有提升空间，我高兴，有生之年里，我会继续努力的。于是，我硬着头皮，尽其所能地修改整理。

因为时间，在忙乱中度过，主要是素日我镇各村要下乡去体检，疫情还在管控中，还有本村艾滋病也在管理，还有扶贫，还有灭螺……其实这些都是借口，重点是我文字水平有限，问题不少，于是，最后还得请蒲老师把关，这份辛苦，一般人不愿意做的。老师，先致谢！

我认识的蒲老师，我相信在今后的日子里会更加认识……

不管怎么说，我会朝我拟定的高地攀登，因为蒲老师的文字会消除我的心理障碍。不瞒你说，写这点字，某一瞬间，眼睛潮湿，鼻子有点酸，是感动。

其实，写出来了，心里舒畅极了。2020年5月18号写的，我放了好长一段时间，今天又来看看。唯愿，能够表达我内心这份谢意和感动。

我在德昌，某一天，我会走走盐亭，走走伊犁，看看老师，亲口对老师说：谢谢！！！千千万万的谢谢！非常的！！！必须的！！！

写诗的心得与遇见（代后记）

能够得到老师的帮衬，真的，特别感动！老师细细地告诉我很多，我喜欢他的思路，包括他说到字体不要太小，插图不要太多，层次分明的图片采纳一点就可以了，主要是图片用上去会有喧宾夺主之意，最重要的还是诗歌的内容。老师多次语音电话和我交流出书的准备工作，一位仅仅见过一次面的老师，如此费力费心，却一丝好处都没得到，这世间很少有这么好的老师了！这说明老师对文学热爱，对新人关照，对德昌有深深的爱。真的，老师胸怀之宽广，气度之大雅，多么难得！而我就显得那么幸运，那么甜蜜……

初次见面那段时间，对蒲老师和王开平老师的感触，这首诗可以诠释：

一次遇见不仅仅是改观，还有崇敬
——敬王开平、蒲雪野老师

隐于凤凰阁旁的小茶楼
小轩窗与视线重叠
是对岸的绿帷帐及丝丝灵动的银光
雅致出的格调

声音来自心田的诗稿
诙谐而不拖泥带水
海量而不干瘪苍白

| 看见凤凰城 |

靠近安宁河,我看见
盐亭的盐,有地地道道的味
还有一马平川的旷达
伊犁的犁,有桥的广袤
还有牧歌飘逸的醇香

这春天,在德昌随意潦草地写意
有着说不出的温柔
我能仰视的,是字花花飞絮成画
是人生典藏后的深度品位

最后,我想说,此诗集的见世,对于我来说是一件幸福快乐的人生大事,我会用心珍藏我点点滴滴的收获。至于散文,我也酷爱着,我会认真地写,认真地学习,等文字再成熟一些后又出散文集,末了,再次深谢可爱可敬的蒲雪野老师!祝安康幸福!

蒲雪野